Todas as Cores do Universo

GRACIELA MAYRINK
& IURI KEFFER

Todas as Cores do Universo

2ª edição

Libertà

Copyright dos textos @ Graciela Mayrink, 2024
Copyright dos textos @ Iuri Keffer, 2024
Direitos de publicação @ Editora Libertá, 2024
Editora executiva: Mari Felix
Capa, projeto gráfico e diagramação: Thainá Brandão
Revisão: Du Prazeres
Ilustração da capa: Fera Ilustra

Dados Internacionais de Catalogação na Publicação (CIP)
Ficha catalográfica elaborada pela bibliotecária
Cibele Maria Dias - Bibliotecária - CRB-8/9427

Mayrink, Graciela
   Todas as cores do universo / Graciela Mayrink &
Iuri Keffer. -- 2. ed. -- São Gonçalo, RJ : Libertà, 2024.

         ISBN 978-65-984337-1-0

1. LGBTQIAPN+ - Siglas 2. Romance brasileiro
I. Keffer, Iuri. II. Título

24-221804   CDD-B869.3

ÍNDICE PARA CATÁLOGO SISTEMÁTICO

1. Romances : Literatura brasileira   B869.3

"Consideramos justa toda forma de amor"
Toda Forma de Amor - Lulu Santos

Para minha irmã, Flávia,
Minha inspiração, o centro do meu universo.
Graciela

Para aqueles que sabem que a vida
é mais vibrante quando pintada com amor
Iuri

capítulo 1

*Eu sou linda do meu jeito porque Deus não comete erros
estou no caminho certo, amor, eu nasci assim
Não se esconda em arrependimento,
apenas ame a si mesmo e você está pronto*
Born This Way - Lady Gaga

FABRÍCIO

A vida de uma pessoa não deve ser determinada por quem ela ama. Amor deve ser amor, puro e simples. Deve ser algo belo, natural, algo que te complete e te traga crescimento. Infelizmente, na prática, não é bem assim. Toda a minha adolescência foi determinada por quem eu amo.

Tenho dezoito anos e passei os últimos seis apaixonado pelo meu melhor amigo, Rodrigo. Sim, clichê, eu sei. Tudo poderia ser perfeito, lindo e digno de um romance, exceto por um pequeno detalhe: eu sou gay. Ele não.

Tento não me definir pela minha orientação sexual, mas ela regeu toda a minha vida. É algo que só quem passa por isso, entende. Quando percebi que não me interessava pelo sexo oposto, como os outros meninos, passei a pisar em ovos e viver em pânico. Meu maior medo era que todos à minha volta descobrissem, e meu mundo desabasse. Ser gay em Morro Atrás, a cidade onde nasci, ainda não é visto com bons olhos, algo que espero que mude com o tempo. Ser gay na minha família é algo impensável, que não vai mudar tão cedo.

Quando tinha doze anos, entrei no computador lá de casa depois que Nina, minha irmã mais velha, usou. Antes de fazer a pesquisa que precisava para a escola, fui olhar o histórico (sim, é feio, eu sei, mas adorava saber o que o pessoal lá de casa pesquisava na internet. Foi assim que descobri que ganharia uma bicicleta de Natal) e vi vários sites sobre homossexualidade. Eu me assustei por alguns segundos, pensando que havia me esquecido de apagar da última vez que usei, até me dar conta de que foi Nina quem havia acessado aqueles sites. Entrei em alguns e descobri que ela pesquisara coisas como *"alguém nasce gay?"*, *"dá para saber se uma pessoa é gay desde criança?"*, e por aí vai.

Fiquei várias semanas sem dormir direito, pensando sobre aquilo. Se ela desconfiava, outros também poderiam. Eu não estava disfarçando o suficiente, precisaria fingir e treinar melhor, para que ninguém percebesse o que se passava comigo. Pode soar como uma besteira que, nos dias de hoje, alguém ainda precise mentir e se passar por hétero, mas meus pais são muito retrógrados. E quando eu digo muito, quero dizer MUITO mesmo. Desde pequeno, escuto meu pai gritar comigo *"homem não chora"*, *"seja homem e aguente"*, *"varrer casa e lavar louça é coisa de mulher"*, e muitas outras baboseiras que deveriam ter ficado no século retrasado.

Minha mãe é omissa quanto a isso e, por este motivo, não sei se aceitaria um filho gay. Desde pequeno que os dois pegavam muito no meu pé para eu *"andar direito"* ou *"agir feito homem"*, além de *"jamais vou admitir filho boiola aqui em casa, então vê se cresce como homem de verdade"*.

Então, minha fixação no início da adolescência passou a ser assistir séries e filmes, ver como os homens agiam para treinar depois na frente do espelho. Virei um mestre na arte de imitar as pessoas: o jeito de andar, mexer o corpo, mãos, como me sentar, os gestos e poses, tudo era baseado nos atores de filmes e novelas. Ninguém podia saber que eu gostava de meninos e, quando os caras da escola falavam sobre as garotas que achavam bonitas, eu concordava e repetia os comentários que faziam sobre elas.

Dou a impressão de que foi simples, mas não. Ficar o tempo todo em alerta, medindo movimentos, frases e gestos é cansativo. Esconder quem sou, ter que apagar todos os dias o histórico do computador, e olhar por cima do ombro quem está por perto, quando mexo no celular, se mostrou uma rotina exaustiva. Ainda mais porque demorei a me dar conta de que precisava esconder meus verdadeiros sentimentos, antes que os outros percebessem.

Só depois de um tempo que fui entender o real sentido das perguntas de alguns familiares que, provavelmente, já desconfiavam: *"E as namoradinhas?"*, *"É o terror das gatinhas no colégio?"*. A maldade estava ali. Nunca me senti atraído por garotas, mas Rodrigo também não até os dez, onze anos; parecia consenso entre meus amigos achá-las sem graça. Fomos aquele tipo de criança que só queria jogar bola, mal olhávamos para os lados. Mas quando nossos corpos começaram a mudar, e Rodrigo se tornou fisicamente interessante, percebi que meus sentimentos em relação a ele eram diferentes dos das outras pessoas com quem convivia.

Eu não sabia o que ele pensava a respeito do amor ou da atração entre duas pessoas, não falávamos sobre isso. A verdade é que tinha medo de perguntar. De noite, deitava a cabeça no travesseiro e fantasiava que o sentimento dele por mim era recíproco, e Rodrigo se declararia. Só a ideia de beijá-lo já me deixava todo arrepiado.

Meu mundo de sonhos perfeitos desabou em um sábado de setembro, quando fomos para a festa de aniversário de uma das meninas da escola. A casa dela era grande, com um quintal amplo. Vários jovens da nossa turma começavam a se aventurar nos namoros e, em determinado momento, perdi Rodrigo de vista. Andei pelo quintal até encontrá-lo com uma garota nos braços. Fiquei paralisado, em choque. Claro que a chance de ele também ser gay era pequena, mas uma coisa é desconfiar, outra é ter certeza. Naquele instante, meu coração se quebrou e senti lágrimas escorrendo pelo meu rosto. Eu tinha treze anos e estava sofrendo por amor.

 E agora estamos aqui, os dois com dezoito, dividindo um apartamento no Rio de Janeiro e seguindo nosso sonho da juventude: ir para a universidade em uma cidade grande e conquistar o mundo. Eu já me contentava em conquistar Rodrigo, mas tive de adiar meu plano. Talvez ainda consiga, já que estamos longe de casa, da família, amigos e, o principal, da namorada dele.

 Desde o ensino médio que planejávamos vir para o Rio, estudar e seguir com nossa amizade, ele cursando Administração e eu, Direito. Mal consigo acreditar que realizamos nosso projeto, mesmo meu pai tentando me impedir de vir para cá. Ele tem uma cabeça quadrada, não queria o filho longe e em uma cidade grande. Minha irmã é oito anos mais velha do que eu, e me ajudou a lidar com a situação. Acho que ela sempre desconfiou, tenho essa suspeita desde que vi os artigos no computador, muitos anos atrás. Quando comecei a conversar com meu pai sobre a vinda para o Rio, ela apoiou e senti que foi uma forma de Nina me libertar, de saber que, longe de casa e de todos, eu ficaria bem. Não sei o que pensa sobre a minha orientação sexual, mas percebo que quer que eu seja feliz, o que me tranquiliza. Ela soube lidar com meu pai, e o convenceu a aceitar a minha mudança de cidade.

 E foi por causa dele que aprendi a fingir muito bem: absolutamente ninguém na minha cidade sabe da minha orientação sexual, apenas um cara desconfia, Vitor, mas já dei um fora nele, o que o deixou em dúvida.

Estou tomando o café da manhã na cozinha quando Rodrigo chega, esfregando o olho. O pai dele comprou este apartamento, no Leme, alguns anos após passar a lua de mel no Rio de Janeiro, e se apaixonar pela cidade. Desde então, fala que vai se mudar para cá um dia, mas este dia ainda não chegou. Talvez por ele ser político, e estar sempre se reelegendo para todos os cargos possíveis em Morro Atrás. Enquanto isso, a família usa o imóvel nas férias e feriados.

Rodrigo se senta em frente a mim vestindo apenas uma bermuda, e eu me perco em seu corpo. O cabelo preto está para cima, mas ele ainda não pegou o jeito. Quando soube que foi aprovado na universidade, começou a testar várias formas de arrumar o cabelo para parecer mais descolado. Até descoloriu as pontas, mas não ficou legal. Eu o alertei, e ele me chamou de caipira, e disse que é assim que os cariocas usam, que ele entende mais do que eu porque vem para a cidade desde pequeno. Então, não fiz mais nenhum comentário, mesmo sabendo que ele está errado. Um dia, irá perceber que não está *"maneiro"*, como diz o povo daqui.

— Sonhando acordado? — pergunta ele, se levantando para preparar um misto-quente. Demoro um pouco até me dar conta do que acontece ao meu redor.

— Só pensando na vida — respondo, vagamente.

Todos os dias ensaio na cabeça uma forma de lhe dizer a verdade. Todas as vezes que o vejo, perco a coragem. Havia decidido que ia levar minha vida do jeito que quisesse aqui, no Rio, que em uma cidade grande e mais liberal, eu poderia ser eu mesmo, ser o garoto que gosta de garotos. Seria diferente de Morro Atrás, porque não precisaria me esconder de meus pais que, agora, estão longe.

Mas pensar em algo é fácil, colocar na prática é bem mais complicado. E não sei como contar para Rodrigo. Tenho medo do que vai pensar, de parar de falar comigo ou contar para a minha cidade inteira. Ou tudo junto. A vida seria mais fácil se as pessoas não julgassem tanto, e não tivessem tantos preconceitos. E a minha vida seria bem mais fácil se Rodrigo também gostasse de mim.

— Estou pensando em ir à praia e depois passar no shopping. Quero ver se encontro umas roupas maneiras para a universidade — diz Rodrigo.

Desde que chegamos ao Rio que ele tenta usar *"maneiro"* sempre que pode. Sua fixação em se passar por carioca é cômica, mas não digo nada porque sei que não quer ouvir a verdade. Eu me divirto com suas tentativas frustradas.

— Pode ser, preciso de algumas bermudas — respondo, me levantando da mesa do café.

Todo o ensaio da conversa, que passei pela minha cabeça, se perde em palavras não ditas. A coragem se foi, se é que alguma vez esteve presente. Deixo para logo mais, ou amanhã. Ou semana que vem, quem sabe?

Vou até meu quarto e troco de roupa, me olhando no espelho. Coloquei um grande ao lado do guarda-roupa, para que pudesse me ver o tempo todo. É uma tentativa de descobrir meu verdadeiro eu e parar de atuar. Esforço-me a usar movimentos naturais, mas não sei mais o que faz parte de mim e o que é mentira. Espero um dia ser eu mesmo, o Fabrício real, que não precisa mais se passar por outra pessoa. Só que, antes, tenho que perder o medo de me abrir para os outros.

Penso em Rodrigo na sala, me esperando. Talvez seja mais fácil falar pessoalmente primeiro com um desconhecido. Pelo computador, já conversei com outros garotos que enfrentam a mesma situação que eu, mas nunca usei minha foto, nem meu nome. Sempre um pseudônimo, sempre uma imagem que peguei no Google. Abrir o jogo na internet é fácil, ninguém me conhece, sabe quem sou, onde moro, quem são meus pais. As pessoas me incentivam, dizem que tenho que me assumir e que os outros irão aceitar. Na prática, sei que não é bem assim. Posso acabar com tudo em apenas três palavras: *"eu sou gay"*.

capítulo 2

> Vou deixar
> A vida me levar pra onde ela quiser
> Seguir a direção de uma estrela qualquer
> **Vou Deixar - Skank**

CAIO

A cortina entreaberta permite que a claridade entre no quarto, roubando o resto de sono que tento preservar. Dou um longo gemido, me espreguiçando, e isso, talvez, já seja o peso da idade, os vinte e três anos recém-completados.

Apalpo os lençóis com cuidado, para não acordar o Juno, meu gato, enquanto procuro meu celular, mas não tem jeito, ele está deitado em cima do aparelho. O acaricio e ele resmunga. Peço desculpas por atrapalhar o sono da realeza, e puxo o celular para mim. Juno vira de lado e volta a dormir, com uma facilidade de dar inveja.

Antes de ver as mensagens, não resisto e tiro uma foto dele com a linguinha para fora. Mais uma entre as milhares que tenho na galeria.

Impossível acreditar que é o mesmo gato que apareceu, todo machucado, na garagem do prédio onde moro. Eu não conseguia processar tudo o que tinha acontecido entre Matheus e eu e, quando a mente não me deixava descansar, pegava minha bicicleta e saía pedalando por aí. Foi em um destes passeios que, ao descer até o bicicletário, Juno apareceu. Não sei se os animais sentem, mas naquele momento em que surgiu, pedindo ajuda, ele me ajudou, também.

Meus pais não queriam animal em casa de modo algum.

— Este apartamento daqui a pouco vai virar um zoológico. Já basta o bicho-preguiça aqui — disse minha mãe, apontando para o meu pai. — O pai de vocês, sinceramente... No final de semana pediu para eu escolher um filme, para a gente assistir, e dormiu no meio. E não foi a primeira vez!

— O filme era meio monótono. — Papai tentou se justificar.

— Era John Wick, impossível ser monótono! — disse mamãe.

— Bom, vocês me conhecem, eu sempre durmo nos filmes, independente do que seja. Ainda mais com a sua mãe suspirando o tempo todo pelo Keanu Reeves, e falando o quanto ele é bonito e está em forma — explicou papai.

Caímos todos na gargalhada, e aproveitei o clima descontraído para dizer que ficaríamos com Juno até que melhorasse para, depois, pôr para adoção.

Não deu uma semana e meus pais já estavam chamando o Juno de neto, comprando presentinhos e tudo o mais. Quem resiste a um gatinho laranja e carente? Agora, a casa é dele e moramos todos de favor.

Desbloqueio a tela do celular, leio as mensagens pela barra de notificações e vejo que fui marcado em algumas fotos. Deixo para responder mais tarde.

Pelo menos, ao ficar mais velho e passar a comemorar o aniversário em um bar, não tenho mais que enfrentar a hora do parabéns em público que, para mim, sempre foi um momento constrangedor. Nunca soube se cantava junto, batia palmas, balançava aleatoriamente ou se pegava o bolo e saía correndo. A última opção me parece interessante.

Eu me espreguiço, mais uma vez, e abraço Juno, que reclama. Três batidinhas na porta me puxam de volta para a realidade.

— Está acordado? — pergunta Giovanna.

— Não! — respondo.

Minha irmã força a maçaneta, mas a porta está trancada.

— Abre logo, Caio.

Saio da cama, e dou meus primeiros passos com vinte e três anos.

Destranco a porta e, em um piscar de olhos, Giovanna já está em cima de mim, cantando parabéns; pisquei mais uma vez e estávamos caídos no chão do quarto.

Minha mãe conta que, quando anunciou estar grávida, eu chorei muito. Todo mundo rindo, pensando que fosse ciúmes. Não me lembro disso, mas quando meu pai pediu para que não ficasse triste, eu, chorando, disse que estava feliz.

— Você é meu presente diário — digo, quando ela termina sua declaração para mim em forma de parabéns.

— Agradece depois de escovar os dentes, tá bom? Nenhum amor é o suficiente para me fazer ter que aguentar o hálito matinal de ninguém!

— Como você é ridícula, né?

Giovanna se levanta primeiro e estendo a mão para que ela possa me puxar.

— Falando em ridículo... Você acredita que o Matheus me mandou uma mensagem?

— Você está de brincadeira!

Olho para minha irmã, incrédulo.

— Ele disse que viu que passei em Direito e que, independente do que aconteceu, tem muito carinho por mim. E, que se eu precisar de qualquer coisa, vai ser um prazer me ajudar.

Escuto Giovanna dizer aquilo e dou uma gargalhada, carregada de ironia.

— E o que você respondeu? — pergunto.

— Agradeci por me lembrar de que faltava bloqueá-lo em todas as minhas redes sociais, além do celular. — Consigo sentir o desprezo na voz da Gio. Posso dizer que, hoje em dia, ela sente mais aversão ao Matheus do que eu. — Eu me arrependo tanto de ter gostado dele.

— Se você se arrepende, imagina eu — comento, rindo. — Até hoje, sinto dores no pescoço pelo chifre pesado que fiquei carregando por aí.

— Da próxima vez, arranja um namorado decente, por favor. A gerência agradece.

— Próxima vez? Eu não namoro nunca mais!

— Vai namorar sim, porque quero ser aquela tia legal que os sobrinhos adoram.

— Eu posso adotar, ser pai solteiro! São novos tempos.

— Concordo, mas não acho que você deva se privar de coisas novas, por causa de um qualquer — diz Giovanna.

— Agora virou terapeuta?

— Você sabe que estou certa! — diz Giovanna, simulando um olhar soberbo.

— Ah, é? Então, você pega sua certeza e vai de carona com ela para a faculdade, tá bom? Agora dá licença que preciso tomar um banho — brinco, e sigo para o banheiro.

— Você jamais teria coragem de me negar uma carona — diz ela, cutucando minha cintura, me fazendo cócegas, e saindo correndo.

E ela está certa, mais uma vez.

Mamãe está parada ao nosso lado, nos admirando, enquanto esperamos o elevador chegar ao nosso andar.

— Fico tão emocionada ao ver como vocês cresceram.

— Ih, começou — diz Giovanna, já acostumada com os dramas da nossa canceriana favorita.

— Vocês pequenininhos... — Mamãe ignora sua filha mais nova e continua. — Parece que foi ontem, eu colocando vocês na van da escolinha, indo nas reuniões de pais, comprando cartolina em cima da hora para fazer trabalho. — O elevador para em nosso andar e nos despedimos de mamãe. Ela está tão nostálgica que não consegue parar de falar. — Virei especialista em tirar mancha de roupa... terra, sangue, tinta.

Antes de entrar no elevador, a puxo para perto de mim e lhe dou um beijo na testa.

Ela me encara, em silêncio, com o sorriso mais lindo do mundo.

— Obrigado, por tudo... Por estes vinte e três anos me amando do jeitinho que eu sou — digo, entro no elevador com Gio, e a porta se fecha.

Entrego meu celular para Giovanna e peço que escolha algo para ouvirmos, enquanto ligo o carro e saio da garagem do prédio. Amo dirigir ouvindo música. Para ser sincero, amo escutar música sempre que posso. Tenho *playlists* para banhos felizes e tristes, para assistir ao nascer e pôr do sol, para caminhar na praia ou em parques e me sentir mais próximo à natureza, para momentos em que preciso de um gás e momentos em que estou triste, e quero ficar ainda mais triste.

Após escolher uma *playlist*, Giovanna se vira para colocar a mochila no banco de trás.

— O que é isto? — pergunta ela, ao se deparar com um terno azul-marinho, protegido por uma capa transparente.

— Já que está com o meu celular em mãos, entra no meu e-mail e veja o último que recebi.

Não falo mais nada, esperando a reação dela.

— Meu Deus, Caio! Não acredito! É isso mesmo que entendi? — diz ela, após ler o e-mail. — Você está indo agora para um processo seletivo, para ser comissário de bordo de uma companhia aérea em Dubai?

— Sim. — Ela me abraça apertado. — Cuidado, estou dirigindo!

— Não sei nem o que dizer. Não sei se fico feliz ou triste — diz Giovanna, me soltando. — É o seu sonho, eu sei, mas... não sei se estou preparada para ficar longe de você.

— Calma, se eu colocar o celular para gravar, você pode repetir esta última parte, por favor? — Giovanna dá um tapa no meu braço, e limpa as lágrimas que escaparam correndo pelo rosto. — Pode parar que você vai me fazer chorar e não posso chegar na seleção com a cara inchada.

— Meu Deus, você precisa mesmo ir para os Emirados Árabes para ser comissário? No Brasil tem companhia aérea também, sabia? E, assim, você não fica longe de mim — brinca Giovanna.

— Eu sei, mas quando passou o choque da traição do Matheus, apareceu esta oportunidade, e senti que era um sinal do Universo para eu me afastar daqui, e não podia dispensar. Sei que é longe, mas acredito que será bom ficar um pouco distante de tudo e de todos.

— E quando te chamaram?

— Recebi sexta-feira o e-mail da empresa aérea para a etapa de hoje, que é a última, e pedi logo uma folga no trabalho, com a desculpa de que era meu aniversário. Você sabe que este é o meu sonho, e não continuar na produtora.

— Não acredito que você não me contou assim que começou o processo seletivo, só está me contando agora, no dia da última etapa — diz Giovanna, como se eu tivesse traído sua confiança.

— Desculpa, é que não quero ninguém criando expectativa sobre algo que não sei se vai dar certo.

— Com esse seu otimismo, nossa!

— Não é questão de otimismo. Imagina se conto para um monte de gente e, no fim, não passo? Todo mundo vindo me perguntar, eu falando que não passei e aquele silêncio constrangedor, por alguns segundos, quebrado por uma mensagem motivacional barata: *"Não fica assim, vai dar certo quando for a hora"*. Ah, não! Dispenso.

— E você já contou para a mamãe? — pergunta ela.

— Ainda não. Não quero deixá-la sofrendo por antecedência. Conto quando eu passar. É por isso que não saí de casa já com o terno, não queria que ela desconfiasse de algo.

— *Não é porque eu te criei para o mundo, que você tem que se mudar para o outro lado dele* — diz Giovanna, fazendo uma imitação perfeita da mamãe.

Ao passarmos pela Praia de Botafogo, um avião se aproxima para pousar no Aeroporto Santos Dumont.

— E pensar que, em breve, você pode estar trabalhando em um desses, hein? — diz Gio, dando um tapinha em minha perna. — Imagina quantos países você vai conhecer!

Seguimos o resto do caminho fantasiando todas as experiências que um comissário de bordo internacional pode viver, e listando os países mais interessantes para ir.

O trânsito milagrosamente flui bem, e logo estamos em frente à faculdade onde Giovanna cursará Direito, e eu cursei Comunicação. Sinto a nostalgia bater em meu peito, e acho que ser nostálgico é genético.

— Boa aula — digo, vendo Giovanna sair do carro. — E, por favor, não seja uma aluna chata.

— Pode deixar. E, por favor, não seja um comissário de bordo que só oferece água para os outros — diz Giovanna, dando uma piscadinha para mim.

Dou uma gargalhada alta e saio com o carro. O caminho até o Recreio dos Bandeirantes, onde será o processo seletivo, é longo, mas me lembro de que a distância entre o Brasil e os Emirados Árabes é ainda maior, e sinto um leve aperto no peito. Também não sei se estou preparado para ficar longe das pessoas que amo.

capítulo 3

> Eu vim do interior
> E ainda tem tanto desse mundo
> Que eu não aprendi e que eu não sei
> **Meninos e Meninas - Jão**

FABRÍCIO

Hoje é o primeiro dia de aula na faculdade e estou em pânico. Engraçado que há anos sonho com este momento, mas agora que ele chegou, não sei como agir, o que fazer, o que sentir. A vontade é ficar na cama o dia todo, mas preciso me levantar e enfrentar o que está por vir.

Rodrigo acordou animado, fala das novas amizades que vai fazer e das garotas que pretende conhecer. Quase o lembro de que ele tem namorada, mas não me importo, só sinto tristeza por ele pensar em meninas e não em mim. A vida é tão injusta!

Ao cruzar o portão da faculdade, meu estômago se embrulha. Rodrigo se despede e segue rumo ao Departamento de Administração. É aqui que passarei os próximos anos de minha vida, é aqui que uma nova etapa se inicia e posso decidir como ela será. Agora, estou longe da minha família e de Morro Atrás. Posso ser o Fabrício de sempre, aquele que esconde sua verdadeira identidade, ou posso ser o Fabrício real.

Ao pensar nisso, o pânico volta a me atacar. Ainda não decidi se quero chegar na minha nova turma me abrindo. E como faço isso? Menti tanto, e há tanto tempo, que não sei como fazer para que todos saibam quem sou e de quem gosto. Preciso descobrir como o pessoal da universidade pensa, se são liberais ou preconceituosos. Será que há abertura para ser eu mesmo?

Ando pelos corredores, observando as pessoas. Tento encontrar um rosto amistoso, mas ninguém parece prestar atenção em mim. Localizo minha sala e entro, escolhendo cautelosamente um lugar para me sentar.

Avisto uma garota no meio da sala, mexendo no celular. Decido que parece ser alguém legal para se ter como amiga, e vou até ela. Eu me sento ao seu lado e me apresento, na esperança de ela gostar de mim.

— Meu nome é Giovanna — diz ela, e antes que eu possa falar mais alguma coisa, entra um cara na sala e grita:

— Aê, calourada, todo mundo pra fora que é hora do trote.

Meu corpo gela. Estava tão nervoso ao imaginar como seriam meus colegas de turma, que me esqueci completamente do trote universitário.

— Ai... — resmungo, alto, e Giovanna ri.

— Vai ser legal — comenta ela, mas tenho minhas dúvidas.

A turma sai em fila do prédio, quase todos com pavor nos olhos, e os veteranos separam os calouros em grupos. Ainda bem que fico com Giovanna, e um veterano se aproxima e a analisa de cima a baixo. Ele gosta dela e eu respiro aliviado.

— Este é o meu amigão, Fabrício. Pega leve com a gente — pede ela, de forma meiga, e o veterano ri.

Ele nos leva até a rua e não pega leve. Confisca nosso material e pinta Giovanna toda de verde, sujando a blusa que ela usa. Torço para que seja velha, porque é bem provável que não consiga salvá-la, quando chegar em casa. O cara me manda tirar a camisa e me pinta de azul, com um pincel.

É a primeira vez que um homem está bem próximo de mim, olhando para meu peito e costas, e tento não focar nisso, com medo de que meu corpo denuncie. A sorte é que estou tão nervoso com o que está por vir, que não consigo me concentrar no que acontece enquanto ele espalha a tinta.

— Aquele sinal ali é de vocês. Cada um precisa recolher vinte reais, se quiser pegar o material de volta e ir para casa — diz ele, quando termina o serviço.

Levo alguns segundos para entender que o trote consiste em esperarmos o sinal de trânsito fechar, e irmos de carro em carro pedindo (mais especificamente implorando) para as pessoas darem algum dinheiro a nós.

— Vinte? — questiono.

O veterano me encara, como se eu fosse um ser desprezível.

— Se reclamar, subo para trinta.

Giovanna me puxa antes que eu diga alguma coisa. Vamos até o sinal indicado, cada um com um copo descartável na mão, para colocar o dinheiro dentro. O sol queima minhas costas e meu rosto.

— Somos uma bela dupla: Fiona e o Gênio.

— Gênio?

— É, do filme do Aladim — brinca Giovanna, mas não consigo rir.

Estou morrendo de vergonha, e com vontade de ir embora.

Quando o sinal fecha, vou andando entre os carros, e agradeço por ninguém aqui me conhecer. A maioria das janelas está fechada, e as pessoas me ignoram ou riem de dentro dos carros. Um velhinho me dá cinco centavos, e um homem de terno reclama que fazemos isso para pegar dinheiro para os alunos encherem a cara. Quase digo que não é minha culpa, mas a mulher que o acompanha me olha com pena e joga uma nota de dois reais dentro do meu copo. Vários minutos se passam até eu conseguir mais dez centavos. Neste ritmo, saio daqui só ano que vem.

Eu me aproximo de Giovanna e bebo água, que ela me oferece. Em algum momento, que não vi, o veterano veio dar uma garrafinha a ela. Eu não ganhei.

— Ele é meio babaca, mas se eu der corda, talvez nos libere antes de conseguirmos quarenta reais — comenta Giovanna.

— Deus te ouça, porque, no meu ritmo, não vou sair daqui tão cedo — digo, olhando para meus dois reais e quinze centavos no copo.

Giovanna olha para os lados e dá um sorriso malicioso para mim. Enfia a mão dentro da blusa e tira algo de trás do sutiã. Vejo um bolo de notas de dois reais.

— Vim prevenida — diz ela, um pouco encabulada, um pouco empolgada.

Mal posso acreditar quando ela divide as notas comigo. Há dezesseis reais, e eu ganho mais oito para o meu copo. Estou quase chegando lá e fico mais animado.

— Obrigado, você não precisava fazer isso.

— Não custa nada — diz ela, dando de ombros. — Meu irmão pediu para alguns amigos dele passarem aqui, para me dar dinheiro, então vamos sair logo deste inferno.

O veterano volta e reclama que estamos mais conversando do que pegando dinheiro, mas ao ver nossos copos com várias notas, se mostra satisfeito e se afasta, mais uma vez. A vontade é de jogar uma pedra nele, mas sou contra violência desde que bati em Vitor, o único garoto gay declarado da minha cidade. Sim, é contraditório e hipócrita ter feito bullying com alguém assim, mas eu era um idiota amedrontado e precisava me afirmar perante meus amigos, e até a Vitor, ou então toda a cidade saberia da minha orientação sexual. Eu me arrependo e me envergonho disto até hoje, e acho que jamais me perdoarei.

Volto para o sinal e um cara abaixa o vidro, jogando dez reais dentro do meu copo.

— Cuidado com o sol ou então vai estragar sua pele. Sabia que você é um belo Smurf? — comenta ele, e fico atônito. Não sei como reagir, nunca levei uma cantada na vida e acho que me sinto um pouco lisonjeado. Ainda bem que minhas bochechas estão cobertas de tinta azul, ou então estaria vermelho como um pimentão. — Mande lembranças para Giovanna, diga que o Ícaro passou aqui e exige que leve você até o Corcovado — diz, e sai quando o sinal abre.

Fico parado na calçada, tentando assimilar o que acabou de acontecer. Ele era bonito e me sinto bem, pela primeira vez na vida. É engraçado o que um elogio pode fazer com uma pessoa, como pode mudar o seu dia. E, ao mesmo tempo, permanece a dúvida se ele desconfiou que eu sou gay, ou se apenas fez uma brincadeira. Giovanna se aproxima, contente.

— Um amigo do meu irmão apareceu e já tenho mais de vinte reais. E você?

Contamos nosso dinheiro e temos cinquenta e quatro reais e vinte e cinco centavos. Estamos livres do trote. O veterano fica feliz por termos conseguido mais do que a quantia estipulada, de forma rápida. Ele dá o telefone para Giovanna, anotado em um papel.

— Um tal de Ícaro passou aqui, me deu dez reais e mandou um alô.

Pegamos nossos materiais e vamos em direção à universidade, para tentarmos limpar o excesso da tinta. Omito a parte em que o tal do Ícaro me deu uma cantada.

— Ele é um dos amigos-barra-ex-peguete do meu irmão. Mandei uma mensagem avisando o sinal em que estávamos e que, se visse alguém todo azul, podia dar o dinheiro. Ele é gente boa — diz Giovanna, jogando o papel com o telefone do veterano em uma lata de lixo.

Eu a encaro, espantado. Como assim?

— Ex-peguete do seu irmão?

— Meu irmão é gay, algum problema?

Pisco várias vezes. Tenho vontade de abraçá-la e dizer que não tem problema, que eu também sou, que estou feliz em ter feito amizade com uma pessoa que não se importa com isso. Mas não consigo me abrir assim, de imediato, com alguém que acabei de conhecer.

— Nenhum. Não sou retrógrado — respondo, repetindo uma palavra que minha irmã usava em casa, para se referir aos meus pais, mas nunca encontrei utilidade para ela, até hoje.

— Ah, bom.

— Ele disse para você me levar ao Corcovado. Acho que estava falando do ponto turístico, né? — pergunto, temeroso de que a expressão *"te levar ao Corcovado"* possa significar alguma coisa relacionada a casais e beijos aqui no Rio.

Giovanna dá uma gargalhada alta.

— Não, ele falou do Corcovado, um bar bem legal que tem aqui em Ipanema, onde o Ícaro trabalha. O Caio vai lá, de vez em quando.

Não sei quem é Caio, mas desconfio que seja o irmão gay dela e fico curioso para conhecê-lo, conhecer o bar e, mais ainda, conhecer Giovanna. Acho que estou encontrando meu lugar no Rio e, pela primeira vez, me sinto em casa aqui.

capítulo 4

> Cansei de chorar feridas
> Que não se fecham, não se curam
> E essa abstinência uma hora vai passar
> **Na sua estante - Pitty**

CAIO

A seleção começou pela manhã, e se estendeu até o começo da tarde. Estou louco para chegar em casa, me enfiar embaixo do chuveiro e ir comemorar meu aniversário com os amigos, no Corcovado. Acredito que tenha ido bem, mas uma parte de mim diz que eu poderia ter sido melhor.

É sempre assim, seja em uma entrevista de emprego ou discussão, os melhores argumentos sempre vão aparecer depois. E, agora, dirigindo de volta para casa, penso em uma infinidade de coisas que poderia ter dito. Enfim, tento tirar estes pensamentos da minha mente. Não há o que ser feito, além de esperar o resultado.

Na *playlist*, toca *Na sua estante*, da Pitty. Esboço um leve sorriso de constrangimento, lembrando que esta música fez parte do meu processo de luto quando Matheus morreu para mim.

Nós estávamos prestes a completar dois anos de namoro, quando comecei a desconfiar que estava sendo traído. Podia sentir que tinha algo errado, mas como discernir as vozes da intuição e da insegurança? Será que estou sensitivo ou enlouquecendo?

Spoiler: eu não estava enlouquecendo!

Sei que o amor não nos deixa perceber o óbvio, porém, deveria ter desconfiado quando ele passou a ficar muito ansioso em ir para o estágio. Detestava o escritório de advocacia e, de repente, passou a entrar mais cedo e sair mais tarde, sem ganhar nada além por isso.

Sentia Matheus cada vez mais distante. Ele dizia estar ocupado demais, que precisava focar nos estudos e no estágio.

A desconfiança aumentou, a ponto de conversarmos sobre o assunto quando fui pegar o celular dele, para ligar para o meu, que estava perdido em algum canto lá de casa, e ele havia trocado a senha do aparelho. Também não consegui desbloquear usando minha digital.

— Caio, não tem por que fazer cena! — repreendeu Matheus.

— Que cena? Estamos só nós dois aqui em casa, e estou falando no meu tom de voz normal. Você que está se excedendo.

— Claro, olha o que você está insinuando!

— Não estou insinuando nada. Só te fiz uma pergunta e quero que você seja honesto comigo. Mais uma vez... você está me escondendo alguma coisa?

— Caramba, quantas vezes vou ter que dizer que não? — esbravejou, batendo com as mãos nas pernas. — O celular estava lento e precisei redefinir as configurações de fábrica, aí aproveitei para trocar a senha. Me dá seu dedo aqui — disse ele, pegando meu braço com força. — Vou colocar sua digital agora.

— Não é isso. Só estou sentindo você distante — respondi, desvencilhando meu braço dele.

— Eu nunca faria isso com você — disse Matheus, me puxando para junto dele.

— É que são tantas coincidências — respondi.

— Eu te amo, Caio, mas se você não acredita em mim, prefiro que a gente termine agora. Não quero estar em um relacionamento em que meu namorado não confia em mim.

As palavras do Matheus bateram forte em mim. Eu me senti a pessoa mais tóxica do mundo. E ele passou a me tratar com tanto carinho depois dessa discussão, que eu podia sentir o gosto da culpa por duvidar do amor dele.

Até que um dia, estava em casa e recebi uma mensagem de Giovanna:

GIO
Onde o Matheus está?

CAIO
Na casa dele, estudando.
Por quê?

Ela me ligou, quase que imediatamente.

— Fala, Gio — disse, um pouco preocupado. — Aconteceu alguma coisa?

— Caio... — Pude perceber um certo receio no tom de voz da minha irmã. — Eu vim jantar com umas amigas e o Matheus também está aqui.

Senti um frio percorrer toda a minha espinha. Era como se soubesse o que estava por vir.

— Ele não me viu — explicou Giovanna. — Mas eu acho que não é só um encontro de amigos.

— Onde vocês estão?

— Pelo amor de Deus, não vai fazer nenhuma burrada.

— Você me conhece, sabe que jamais seria capaz de fazer qualquer coisa errada. Só me fala onde vocês estão e, por favor, não deixa ele te ver.

Ela me passou o endereço e não levei muito tempo para chegar lá. Giovanna me esperava do lado de fora, aparentemente mais nervosa do que eu.

O restaurante tinha toda a fachada de vidro, e era possível ver as pessoas lá dentro. Minha irmã indicou onde Matheus estava. Bem ao fundo, como se de fato não quisesse ser visto, mas ainda assim consegui reconhecer sua silhueta.

Friamente, desbloqueei meu celular e digitei uma mensagem:

CAIO
Oi, meu amor, como estão os estudos?

De longe, o vi pegar o celular e responder:

MATHEUS
Estou a ponto de pegar esse Vade Mecum e socar na minha cabeça para aprender por osmose

Como costumam dizer: fiquei chocado, mas não surpreso.

CAIO
Talvez estudar em um restaurante não seja o ideal, né?

Vi Matheus se levantar rapidamente e olhar ao redor, me procurando, ou procurando qualquer pessoa que pudesse ter me dito que ele estava ali. Antes que pudesse me ver, ou vir ao meu encontro, entrei no carro com Gio e fui embora. Ficamos em silêncio por boa parte do caminho, até que comecei a chorar, descontroladamente.

Depois de um longo banho, saio do banheiro e, após entrar no meu quarto, escuto Giovanna conversando com alguém.

— Pode ir lá, que eu vou pedir uma roupa para o Caio — diz ela.

Encosto a porta do meu quarto e, enquanto me visto, Giovanna entra coberta de tinta verde da cabeça aos pés. Fico com dó, mas não posso perder a piada.

— E aí, Grinch, está de bom humor hoje? Vai querer o quê? — Começo a rir.

— Seu ridículo, como você mesmo gosta de dizer — diz Giovanna, encostando a porta do meu quarto. — Como foi hoje? — pergunta, sussurrando.

— Ah, não sei. Até que fui bem, mas poderia ter sido melhor.

— Tenho certeza de que você foi excelente e está de bobeira, fazendo drama — diz ela, dando um soquinho no meu braço.

— E como foi hoje? — pergunto, mudando de assunto. Quero evitar falar do processo seletivo, para não ficar ansioso.

— Foi excelente. Passei uma vida debaixo de um sol quente, toda de verde, pedindo dinheiro no sinal. Só quis entrar na faculdade por causa disso, estou realizada — diz Giovanna, revirando os olhos.

Começamos a rir.

— Eu te enchi de nota de dois reais. Ficou no sol porque quis!

— Dividi com um amigo meu.

— Hum... Amigo, é? — Arqueio as sobrancelhas e ela se defende.

— Não é nada disso. Ele nem faz meu tipo.

— E qual é seu tipo? — Corto a linha de raciocínio da Gio. — A gente aqui em casa está querendo saber até hoje! — brinco, e ela me dá um empurrão.

— Você é insuportável, sabia? Ele é de Minas Gerais, veio fazer Direito aqui, está meio perdido, ainda. Se eu não dividisse o dinheiro, ele estaria no sinal até agora.

— Ela é tão boazinha, como que pode, né?

— Ele também está todo sujo de tinta. Eu o trouxe para tomar um banho aqui e, depois, irmos para o Corcovado. Você empresta uma roupa sua?

— Ele é bonito?

— Toma vergonha na cara, Caio! Nossos pais te ensinaram a só ajudar quem você acha bonito, por acaso?

— É só uma curiosidade.

— Bom, então quando a gente chegar ao Corcovado, você mata a sua curiosidade.

— Já estou saindo, mas traz ele aqui e diz que pode pegar qualquer roupa. Você sabe que não sou apegado a estas coisas.

— Valeu, quando ele sair do banho, aviso que pode vir aqui, escolher uma roupa.

— Beleza, espero vocês no Corcovado — digo, me despedindo dela e saindo de casa.

capítulo 5

Todas as coisas a que estamos nos submetendo
Porque nós somos jovens e nós temos vergonha
Elas nos mandam para lugares perfeitos
Perfect Places - Lorde

FABRÍCIO

O apartamento da família da Giovanna fica no Flamengo, um bairro da Zona Sul do Rio, e me empolgo em ver a sede do clube de mesmo nome, mas ela me explica que a sede está na Gávea, e não entendo nada. Sempre ouvi a mídia se referindo como *"Gávea"*, mas achei que era uma espécie de apelido e não outro bairro. Ou que fossem bairros grudados, mas Giovanna diz que é um pouco longe. Vai entender...

Assim que entramos, encontramos a mãe dela na sala, vendo alguns papéis. Ela é mais jovem do que eu esperava, usa um vestido largo, nada muito arrumado, uma *"roupa de ficar em casa"*, como diz minha irmã. Está com o cabelo castanho preso, em um coque desleixado, e morde uma caneta, alternando o olhar para os papéis e o notebook. Ela é advogada e, por isso, Giovanna escolheu o curso: quer seguir os caminhos da mãe.

— Mamys, este é o Fabrício, meu novo amigo de curso — diz Giovanna, e olha para mim. — Minha mãe, Lilian.

Assim que a mãe dela nos vê, cai na gargalhada. Ela ri muito – tipo MUITO – e começa a chorar de tanto rir. A risada dela é contagiante, e em poucos segundos, estamos todos rindo.

— Meu Deus, vocês estão ridículos — diz Lilian, se engasgando e pegando o celular. — Deixa eu tirar uma foto para postar nas minhas redes sociais.

— Mãe! — grita Giovanna.

Lilian é mais rápida e consegue uma foto nossa. Ela nos mostra e estamos ainda mais ridículos: Giovanna está com o braço esticado para a frente, o corpo encurvado e a boca formando um círculo, como se estivesse gritando *"Mãe!"*, e eu estou igual a um pateta, parado um pouco atrás, com um olhar assustado.

A mãe dela digita rapidamente no celular e o coloca na mesa, ainda rindo.

— Pronto, postei com a legenda *"monstros entrando na minha casa: SOCORRO!"*.

— Mãe, você não presta — diz Giovanna, e acho que ela não gostou, até que começa a rir. — Acabou com as minhas chances de arrumar um namorado pelos próximos anos.

— Bem, minha filha, se alguém quiser te namorar, tem que gostar de você não importa como você é ou está, até pintada de verde — brinca a mãe dela, e eu decido que já a amo de imediato. — Seja bem-vindo, Fabrício, só não te cumprimento porque não quero me sujar. Agora vai lá dentro tomar um belo banho para eu te conhecer melhor.

— Obrigado — digo, com Giovanna me puxando pelo braço.

— Olha, trinta pessoas já curtiram minha foto — diz a mãe dela, ao longe, na sala.

Entro no quarto de Giovanna e olho ao redor. Um cheiro gostoso ocupa o ambiente todo: limpeza, misturado com perfume, misturado com rosas. Há um armário, uma mesinha com computador e alguns cadernos em cima, uma cômoda ao lado, cheia de livros, e uma cama de casal no meio, com algumas fotos e luzinhas, como as de Natal, na parede atrás. Fico me perguntando o que meus pais pensariam se eu falasse que uma menina tem uma cama de casal no quarto.

— Adorei seu quarto — digo, e na mesma hora me arrependo, porque não sei se a frase saiu com um duplo sentido, ou uma cantada.

— Obrigada, eu também amo — diz ela, parecendo não reparar, ou fingindo que não reparou. Fico tentado a contar que também sou gay, assim como seu irmão, mas ela não dá tempo. — Deixa eu ver se o banheiro está livre para você tomar banho, tem toalha limpa no armário embaixo da pia. — Ela abre a porta e espia para fora e depois olha para mim. — Pode ir lá que eu vou pedir uma roupa para o Caio.

Giovanna aponta o banheiro para mim e eu entro, sentindo um pouco de umidade. Alguém acabou de tomar banho ali, e ainda sinto o cheiro de sabonete e desodorante masculino no ar. Isso me dá um arrepio prazeroso, e eu tranco a porta, respirando profundamente.

Eu demoro mais do que o normal no banho, a porcaria da tinta azul não sai tão fácil quanto esperava. Só encontrei duas toalhas no armário do banheiro, e ambas são brancas. Não tenho certeza se ainda há alguma parte das minhas costas que não consegui lavar direito, mas a toalha não fica suja quando me enxugo, e fico aliviado.

É então que me dou conta de que não tenho o que vestir. Sinto meu rosto ficar quente de vergonha e passo alguns segundos no banheiro, me decidindo sobre o que fazer. Eu me encho de coragem, enrolo a toalha na cintura, abro uma brecha da porta e chamo por Giovanna. Ela coloca a cara para fora do quarto dela.

— É... Eu não tenho nada aqui.

— Sim, sim, eu te disse que ia pedir uma roupa para o Caio. Pode ir até o quarto dele e pegar o que quiser.

— Hã?

Eu devo ter feito uma cara meio estranha, porque ela começa a rir e se aproxima.

— O quarto dele é aquele ali. — Ela aponta uma porta aberta. — Ele é muito tranquilo, pode ir lá e escolher a roupa que mais te agrada, de verdade. Meu irmão não é apegado a coisas materiais.

Eu balanço a cabeça, concordando, mas ainda estou dentro do banheiro, só com uma parte do corpo para fora. Como vou sair daqui? Vou só de toalha para o quarto do irmão? O que vou falar com ele, quando entrar lá? E, no caminho, se eu der de cara com a mãe dela? Pior: com o pai dela?

— É... Eu... — Não sei o que dizer, mas Giovanna parece sempre ler meus pensamentos.

— Relaxa, não tem ninguém mais em casa, só minha mãe na sala. O Caio já saiu.

— Ok.

Deixo o banheiro e Giovanna vai para o quarto dela. Antes que eu entre no quarto do irmão, ela grita com toda a força dos pulmões:

— Tem cueca limpa na primeira gaveta da cômoda!

E, pronto, sinto meu rosto corar de novo. Agora a vizinhança inteira sabe que vou usar cueca do irmão dela. De modo algum vou fazer isso!

Entro no quarto dele e não é o que eu esperava do quarto de um cara gay, de vinte e poucos anos. Bem, não sei o que esperava de um quarto de alguém gay. Cores berrantes? Uma bandeira de arco-íris na parede? Poster da Cher, Lady Gaga e Pabllo Vittar? O quarto do Caio é algo normal, no estilo do de

Giovanna: um armário, uma mesa de estudos, uma cômoda e uma cama de casal. A diferença é que o de Giovanna é todo arrumado, organizado e cheiroso. O do irmão parece que um furacão acabou de passar. Há roupas espalhadas na cama, na mesinha e até em cima da cômoda. Um gato está deitado em uma pilha de camisas na cama e me encara.

Olho em volta e vou até a cômoda, abrindo a primeira gaveta, para dar uma espiada, de curiosidade. É a primeira vez que estou no quarto de um garoto que não seja o meu ou de Rodrigo. Olho as cuecas dele e me pergunto se pego uma ou não, quando vejo uma embalagem fechada. Agradeço aos céus e a abro. Pelo menos, a cueca vai ser nova.

Fecho a gaveta e pego uma camiseta que está em cima da cama, com o gato me analisando, provavelmente me julgando por eu ter em minhas mãos uma roupa do seu dono. A camisa é bonita, azul marinho, e tem cheiro de homem. Eu a aproximo do rosto segurando com as duas mãos e inalo o perfume, ignorando o gato. É o mesmo cheiro que senti no banheiro, inebriante.

Ouço uma batida na porta e me assusto, jogando a blusa de qualquer jeito de volta na cama.

— Tudo bem aí? — grita Giovanna, do lado de fora. — Estou indo para o banho.

— Tudo bem, estou olhando as roupas — digo, tentando aparentar naturalidade.

— Na porta do meio do armário tem bermuda, as camisetas estão todas na do lado. Não pegue nada que esteja jogado pelo quarto porque está sujo. Meu irmão é um porco.

Tento não rir, mas é inevitável. Percebo que Giovanna foi para o banheiro e vou até o armário, mas fico tentado a pegar novamente a camisa azul. E se eu fosse com ela? O que será que Giovanna e Caio pensariam? Bem, provavelmente que o porco sou eu, por preferir uma roupa suja a uma limpa.

capítulo 6

> E no meio de tanta gente eu encontrei você
> Entre tanta gente chata sem nenhuma graça, você veio
> E eu que pensava que não ia me apaixonar
> **Não vá embora - Marisa Monte**

CAIO

Chego em frente ao Corcovado e há um mar de gente. Várias mesinhas espalhadas pela calçada, pessoas bebendo em pé, conversando alto. Alguns calouros, ainda pintados, pedem dinheiro sob a supervisão não tão atenta dos veteranos, que tomam suas cervejas.

Aqui nem era Corcovado quando comecei a estudar Comunicação na universidade. Também não lembro o nome anterior, mas era um verdadeiro muquifo, com copo americano encardido, cadeiras de aço enferrujadas e uma estufa com salgados, de procedência duvidosa. Não sou fresco, mas na época, a única coisa que tinha coragem de comprar era uma garrafinha de água mineral.

É engraçado que, agora, eu sinta saudade desse clima universitário. Tenho vontade de parar os calouros, sair falando, *"aproveita que isso um dia acaba, que o tempo voa"*, mas estou fazendo vinte e três anos e não oitenta e cinco, então, talvez, as pessoas não sejam tão receptivas assim.

Procuro um caminho por onde passar, mas não tem jeito, vou me espremendo entre a galera para conseguir entrar no bar. Até dou uma olhadinha para ver se encontro alguém interessante, mas nada.

Paro embaixo da cortina de ar que ajuda a manter o Corcovado minimamente climatizado, e aproveito o vento nos cabelos, na nuca, nas costas. Rio 40 graus é uma bondade perto do calor que faz.

O pessoal do trabalho acena para mim e vou até eles. Pelo menos, dentro do bar, está mais tranquilo. Ainda há mesas vazias, não há disputa de qual caixa de som toca mais alto e o ar-condicionado até que dá conta.

Carol, Marília e Vinícius se levantam, para me dar os parabéns.

— Deixei alguns presentes para você, lá na produtora. — Carol nem termina de falar para que eu comece a rir. — Várias artes para você editar!

— Escuta aqui! — Entro na brincadeira. — Não é porque não ligo para aniversário, e sou o único designer na produtora, que tenho que trabalhar o dobro amanhã.

Marília me abraça e me entrega um embrulho bonito, de uma loja que faz camisetas personalizadas.

— Amigo, não sei se você sabe, mas a gente trabalha em um lugar que não está pagando tão bem assim — provoca Vinícius.

— Jura? — Finjo surpresa.

— É, um presente parcelado em três amigos — continua Marília.

— Se você gostar, foi uma ideia coletiva, mas se não gostar, quem teve a ideia do presente foi a Marília — finaliza Carol.

Dou uma gargalhada, tirando o presente do embrulho. É uma camisa preta, que está cuidadosamente dobrada. Estou extremamente curioso para saber o que eles aprontaram e, quando estico a camiseta, tenho uma crise de riso.

Na estampa, uma foto da personagem da Jennifer

Coolidge, em *The White Lotus*, com a frase em inglês *"These gays, they are trying to murder me"* ("Estes gays, eles estão tentando me matar"). Marília e eu maratonamos esta série e, um dia, vimos um cara no Corcovado com uma camisa similar à que eles me deram. Naquela noite, eu comentei que seria o máximo ter uma camisa daquelas, e não acredito que ela se lembrou disto.

Puxo os três para um abraço em forma de agradecimento.

— Calma, ainda não acabou. A gente pode até estar meio ruim de grana, mas não ao ponto de três pessoas dividirem uma camiseta, né? — brinca Marília, fazendo todo mundo rir, e me entregando mais uma sacola.

Fico sem acreditar, é um dos meus perfumes favoritos.

— Agora, sim, pode agradecer — diz Vini.

— Gente, vocês são perfeitos! Estava até economizando o meu, que está quase acabando — digo, puxando os três para mais um abraço. Eu me sento com eles, e ficamos um tempo conversando. Avisto Ícaro no balcão e ele acena, animadamente, e eu me levanto. — Vou ali falar com Ícaro e já volto. Amo vocês!

Eu me afasto deles e passo por mais algumas mesas, até chegar ao fundo do Corcovado. Encosto no balcão e espero Ícaro terminar o preparo de um drink.

Ele me vê e pede para esperar mais um pouquinho. Não tenho pressa. Gosto de vê-lo trabalhando.

Quando entrei na produtora, Ícaro já estava lá. A *vibe* dele era criar bebidas para experimentarmos, quando nos reuníamos todos, um na casa do outro. No dia em que ele entrou no escritório para se despedir, foi um chororô.

— Um amigo meu comprou um bar em Ipanema, perto de onde você estudou, e já começou com as reformas — disse ele, para mim. — Quer fazer uma parada com uma pegada jovem, aproveitar que tem a faculdade próxima. Vou ficar responsável pela gerência e pela carta de drinks.

Confesso que fiquei preocupado, ainda mais sabendo que o bar anterior era insalubre, mas agora estou aqui, esperando uma bebida de um bar que tem uma carta de drinks premiadíssima, assinada por um amigo meu.

Ícaro finaliza uma bebida azul, colocando um anis-estrelado no topo, e posso jurar que é uma estrela-do-mar em alguma praia paradisíaca. De longe, me mostra seu feito e simulo um aplauso silencioso. Ele deixa o copo com o garçom, e vem me dar um abraço.

— O que você vai querer? Pode escolher qualquer coisa, hoje as suas bebidas serão meu presente de aniversário — diz ele, depois de me dar os parabéns.

— Muito obrigado! Quero algo que não esteja no cardápio, mas que tenha potencial para ganhar o prêmio de melhor drink. Só para eu poder dizer a todo mundo que experimentei primeiro.

— Doce e cítrico?

— Aham — respondo, com um sorriso. Fico feliz quando as pessoas sabem o que eu gosto.

— Pode ficar lá na mesa, daqui a pouco levo para você.

— Eu espero.

— Bom, já estão vindo te buscar.

Ícaro aponta por cima do meu ombro. Mal me viro e Vini já está em cima de mim, afobado.

— Amigo, se eu te beijar, por favor, retribui? — implora Vini. Nós três começamos a rir. — Não gente, calma! Disfarça, mas tem um cara, ali atrás, que a gente ficou em uma festa. Só que, na hora do beijo, além de não usar a língua, ele praticamente tentou sugar minha alma. — Vinícius diminui o tom de voz, e eu e Ícaro rimos ainda mais. — Ele até me mandou mensagem depois. Eu disse que não estava a fim, mas agora o cara não para de me olhar. Deixa ele pensar que a gente está de rolo? Você sabe que eu não sei dizer não, né?

— Ok, eu te beijo — respondo, enxugando algumas lágrimas de tanto rir, e olho para Ícaro.

— Não sei como ainda me surpreendo com as presepadas do Vini — diz Ícaro, fingindo estar chocado, me olhando e colocando a mão na testa. — Vão indo que já tiro um tempinho para ficar com vocês.

— Capricha na acidez — digo, e vou empurrando Vinícius de volta para a nossa mesa.

Antes de me sentar, sinto meu celular vibrar. Tiro do bolso, tento desbloquear, mas a digital não funciona. Paro para poder limpar o sensor, e coloco o indicador mais uma vez. Dá certo. É uma mensagem da Gio dizendo que está chegando. Respondo que estamos no meio do bar, guardo o celular e, de repente, Vini me beija.

Entregamos tudo no beijo, que é gostoso, por sinal. Vini beija muito bem, já ficamos antes em uma festa. Os dois levemente mais para lá do que para cá, mas não há nenhum interesse, além da amizade. É tudo uma grande brincadeira.

Escuto alguém pigarrear bem ao pé do meu ouvido. Vini me puxa pela cintura, deixando a gente ainda mais colado. Pigarreiam mais uma vez e a gente se solta. Giovanna está em pé, ao meu lado, com um sorriso debochado de *"acabou?"*.

— Demorou, princesa — comento, me desvencilhando de Vinícius, e ofereço uma cadeira a ela. Aproveito para me sentar também.

Ela está acompanhada do novo amigo da faculdade. Sei disso pela camisa que está usando, que é minha. Sorrio para ele, que parece sem graça em retribuir.

— Meu irmão, Caio — diz ela, olhando para o amigo e apontando para mim. — E... — Gio é péssima com nomes. Em um dia normal, deixaria aquele silêncio embaraçoso tomar conta do lugar até ela se lembrar, mas quero saber sobre seu colega de curso.

— Este é o Vini, e estas são Carol e Marília. — Dou um sorriso para Gio. — Então, você é o amigo misterioso. — Estendo a mão, e acho que aperto com um pouco mais de força do que o normal.

— Fabrício — diz ele.

Repito o nome devagar, para fixar na minha mente.

— Pode ficar à vontade! — Ofereço uma cadeira de frente para mim. Jogo meu braço por cima do ombro de Vini e o puxo para perto, dando um beijo em sua bochecha. — E o *boy*? — pergunto, baixinho.

— Acho que já foi — responde Vinícius, depois de fazer uma varredura no ambiente. — Graças a Deus.

Volto minha atenção para Fabrício, que parece inquieto. Seu olhar desliza pelo ambiente, como se procurasse algo. Posso até dizer que há um certo encantamento com o Corcovado. Abro a boca para começar a falar, mas não sei como puxar assunto. *A camisa ficou melhor em você do que em mim*, talvez seja uma boa.

— Aqui está seu drink, doce e cítrico — diz Ícaro, colocando um copo grande na minha frente. Ele abraça a minha irmã. — Meu amor, que bom que você veio! — Ícaro a solta e encara Fabrício. — Quem é o novato?

Fico em silêncio, observando a conversa dos três. Meus amigos do trabalho também falam alguma coisa, mas não presto atenção. Ícaro se afasta e volto a olhar Fabrício.

— Mineiro, hein? É verdade que mineiro come quieto? Sempre escutei isso e nunca entendi muito bem a frase. — Não preciso terminar de falar para me arrepender. Simplesmente parece que apagaram da minha mente como flertar, e a situação fica ainda pior quando minha irmã tenta explicar.

— Quer dizer que mineiro faz as coisas e ninguém fica sabendo.

— Eu sei, Gio. Estou brincando. Parece que não me conhece.

— É algo desse tipo — responde Fabrício. O sotaque dele me derrete.

— Mas e aí... — digo, tentando mudar de assunto para fazer a conversa render. — Já teve tempo para conhecer um pouco do Rio? Você é de onde?

— Ainda não consegui conhecer muito bem o Rio — responde ele. — Sou de Morro Atrás, uma cidade muito pequena no interior do interior de Minas Gerais.

Poderia ficar horas escutando Fabrício contar sobre Morro Atrás, só pelo sotaque e jeito de falar.

— Morro Atrás... Lá é tranquilo? Como é ser gay em uma cidade pequena?

Ele não responde. Abre a boca algumas vezes, mas não sai nada.

— Ei! Quem disse que ele é gay? — Giovanna me repreende.

Fabrício está pálido. Foge do meu olhar e posso dizer que, se pudesse, também fugiria de mim.

— Ninguém. — Tento pensar em algo. — Eu só, sei lá...

— Caio acha que todo mundo joga no time dele — diz Gio, tentando amenizar a situação. Fabrício dá um sorriso amarelo e balbucia um *"sem problemas"*.

Fabrício é gay, eu sei. Entretanto, se ele não se sente à vontade para compartilhar isto com a gente, não tenho motivos para insistir no assunto. Cada um tem o seu tempo, e não respeitar é de uma falta de empatia muito grande.

A homossexualidade lá em casa nunca foi um tabu, e agradeço por isso. Meus pais sempre me deram liberdade para eu ser quem sou, mas existem realidades e realidades. Do mesmo jeito que, aos quatorze anos, contei para meus pais, sei que tem gente que passa a vida toda com isso guardado.

Dou mais um sorriso para Fabrício, como quem pede desculpas, e ele aceita, retribuindo o gesto. As pessoas ao redor parecem não se importar com aquela situação, e logo está todo mundo conversando um por cima do outro.

Em pouco tempo, os espaços restantes dentro do salão acabam, e o Corcovado fica lotado e animado. Alguns amigos meus de infância e da faculdade se juntam a nós. Dou mais uma olhada ao redor, mas sei que a pessoa mais interessante, deste lugar, é um mineiro que está sentado à minha frente.

capítulo 7

Eu só queria menos culpa e mais amor
Poder contar, poder falar sobre o que for
áudio de desculpas - Manu Gavassi

FABRÍCIO

Vamos do Flamengo a Ipanema de metrô. Ainda não tinha usado o transporte e achei bem legal, mas Giovanna não concordou comigo. Acho que ela já se cansou de usar metrô, e não consegue mais achar graça nele.

Antes de sair da casa dela, enviei uma mensagem a Rodrigo avisando que ia até um bar com uma amiga de curso. Ele respondeu com um *"vai fundo"*, achando se tratar de algo romântico. Mal sabe ele.

Cheguei a pensar em convidá-lo para nos encontrar, mas pelo que percebi, o Corcovado é um bar onde o pessoal LGBTQIAPN+ frequenta, e não sei o que Rodrigo pensa disso. Tenho medo que ele faça comentários maldosos, que podem machucar não só as pessoas que estarão lá, mas a mim também. E estou secretamente muito empolgado para conhecer Caio e seus amigos, e Rodrigo poderia acabar me atrapalhando.

Chegamos ao Corcovado e, de cara, gosto do ambiente. O bar está cheio e é descolado, *"da moda"*, como dizem algumas pessoas. No fundo, há um enorme balcão, onde reconheço Ícaro preparando algumas bebidas. Jovens ocupam as mesas, em uma felicidade que contagia qualquer um, e me surpreendo por ter casais héteros no lugar. Fico feliz em ver que nem todos se incomodam com o que os outros fazem das suas vidas.

— E aí, gostou? — pergunta Giovanna.

— Amei — sussurro.

Seguimos em direção a uma mesa, onde há duas garotas sentadas, conversando animadamente, e dois caras se beijando, em pé. Giovanna para em frente a eles e a cena é um choque para mim. Nunca vi pessoalmente dois homens se beijando, apenas em filmes, séries ou pela internet. Estou fascinado, eles estão dando um daqueles beijos cinematográficos, quando escuto Giovanna pigarrear. Eles se agarram ainda mais e ela volta a pigarrear, e eles se soltam, e um deles dá um sorriso cínico.

— Demorou, princesa — diz ele, empurrando uma das cadeiras com o pé para Giovanna, e se sentando em seguida em outra.

— Meu irmão, Caio — diz Giovanna, me olhando. — E... — Ela para, acho que não reconhece o cara. Caio apresenta todos na mesa, mas não escuto. Estou olhando para ele, que me come com os olhos, de cima a baixo.

— Então, você é o amigo misterioso — comenta ele, estendendo a mão para mim. Eu a toco e nos cumprimentamos, um aperto firme, que faz meu corpo fervilhar.

— Fabrício — digo, tentando não gaguejar.

— Fabrício... — repete ele, bem lentamente, como se saboreasse as palavras. — Pode ficar à vontade! — Caio mostra a outra cadeira, e eu me sento, de frente para ele.

Ocupamos uma mesa mais ou menos no meio do bar, e o olhar de Caio é intenso. Ele tem aquele ar de carioca que você reconhece em qualquer cidade do país, o que o torna fofo. Um pouco bronzeado de praia, os olhos transpiram malícia, e seu sorriso é um pouco torto de propósito, para parecer mais descolado do que é. Ou ele é realmente descolado, ainda não sei. O cabelo é castanho, com algumas mexas queimadas de sol, que dão um ar rebelde a ele. Sorrio ao reparar que é como Rodrigo queria que ficasse o dele. O de Caio é natural. O de Rodrigo ficou um desastre.

Caio coloca o braço em volta do ombro do cara que está com ele e o puxa para perto, dando um beijo na bochecha e cochichando algo, e depois sorri para mim. Eu desvio o rosto e vejo Ícaro acenando animadamente do balcão, não sei se para mim ou Giovanna. Talvez para os dois. Ele pega a bebida que preparava e se aproxima. Sinto meu rosto se aquecer em um misto de vergonha e expectativa.

— Aqui está seu drink, doce e cítrico — diz Ícaro, colocando um copo na frente de Caio. — Meu amor, que bom que você veio! — Ele se joga nos braços de Giovanna. Depois de um longo tempo, ele a solta e me encara. — Quem é o novato?

— Meu amigo, Fabrício. Ele estava comigo hoje, no trote.

— Ah, o Smurf! Não te reconheci. Sabia que você fica bem melhor sem a tinta azul?

— Ainda bem, né? — brinco, e os dois riem. Eu me sinto muito bem, um pouco mais enturmado, e já não estou tão nervoso.

— Traz uma bebida para nós, à sua escolha. O Fabrício é de Minas e está animado para conhecer mais o Rio — pede Giovanna.

— Hum, que responsabilidade. — Ícaro coloca a mão no queixo, como se estivesse pensando.

Ele sai rapidamente e se posiciona atrás do balcão, pegando várias garrafas de bebida. Caio ainda mantém o braço em volta dos ombros do seu acompanhante, e me encara, com aquele sorriso torto presunçoso. Seu peguete, como diz Giovanna, não percebe, e acho que ela também não.

— Mineiro, hein? — comenta ele. — É verdade que mineiro come quieto? Sempre escutei isso e nunca entendi muito bem a frase.

— Quer dizer que mineiro faz as coisas e ninguém fica sabendo — explica Giovanna, devagar, como se o irmão tivesse cinco anos de idade.

— Eu sei, Gio — responde ele, sem tirar os olhos de mim. — Estou brincando, parece que não me conhece.

— É algo desse tipo — respondo, para ele, concordando com Giovanna.

— Mas e aí, já teve tempo de conhecer um pouco o Rio? Você é de onde? — pergunta Caio, ainda mantendo o sorriso no rosto.

— Ainda não consegui conhecer muito bem o Rio — respondo. — Sou de Morro Atrás, uma cidade muito pequena no interior do interior de Minas Gerais.

Não sei o motivo, mas conversar com ele me parece algo tão natural. Se fosse outra pessoa, talvez ficasse um pouco incomodado com tantas perguntas, mas Caio me faz sentir como se eu fosse a única pessoa ali que interessa a ele. Mesmo ainda mantendo o braço no pescoço do cara que está com ele, eu sou o centro das atenções, é como se estivéssemos só nós dois no bar.

— Morro Atrás... Lá é tranquilo? Como é ser gay em uma cidade pequena?

Eu gelo na mesma hora. Como ele sabe? Será que todo mundo sabe? É realmente tão na cara assim? E quem sempre conviveu comigo? Será que todo mundo sabia e fingia que não?

— Ei! Quem disse que ele é gay? — Giovanna repreende o irmão.

— Ninguém. Eu só, sei lá... — diz Caio, e evito o seu olhar.

Quero que um buraco se abra no chão para me enfiar ali. Meu coração está acelerado, minhas mãos estão suando e não sei o que fazer.

— Caio acha que todo mundo joga no time dele — explica Giovanna, tentando amenizar a situação.

— Sem problemas — sussurro, e Caio me olha com um sorriso diferente, desta vez como se pedisse desculpas. Eu balanço a cabeça para ele.

Para minha sorte, Ícaro volta com uma bandeja cheia de drinks coloridos. Ele coloca um verde limão na minha frente e Giovanna ganha um azulado.

Provo a bebida e é uma delícia. Digo isso a Ícaro, que se senta entre Giovanna e eu. Descubro que ele é o gerente do bar, e também o responsável pela parte do cardápio de bebidas. Ele é bem divertido, assim como todos na mesa. Tento não olhar tanto para Caio, porque ainda estou sem graça, me perguntando como ele percebeu que sou gay, mas sinto o olhar dele em mim.

A noite vai passando e conheço melhor os amigos dele. Outros chegam e se sentam conosco. São todos muito legais e fico maravilhado com o modo como agem. Eles se chamam de maluco o tempo todo, ou de surtada e doida. Depois de um tempo, já estou relaxado e rindo das piadas que contam. Fico sabendo que Vinícius é apenas amigo de Caio, e os dois estavam se beijando para despistar um ex-rolo dele, que estava por ali.

Não percebo as horas passarem, me sinto eu mesmo pela primeira vez em muito tempo. Talvez em toda a vida. Se mais alguém notou que sou gay, não falou nada. Ninguém me julga ou pede que eu *"me comporte conforme manda a sociedade"*, como diz meu pai.

E já perdi as contas de quanto bebi. Ícaro não para de trazer drinks; ele chega com mais alguns e se senta ao meu lado. Estamos todos alegres e falando besteiras.

— Para mim, chega — digo, empurrando o copo que

Ícaro coloca na minha frente. Giovanna pega e bebe a metade de uma vez. — Eu preciso ir embora — complemento, depois de olhar as horas no celular. Acho que é meia-noite. Ou duas e alguma coisa. Talvez quatro da madrugada.

— Ainda está cedo — diz Giovanna, e Caio se levanta pegando a irmã pela cintura.

— Cedo nada, está na hora de irmos embora.

— Ainda tem metrô esta hora? — pergunto, tentando me levantar. Fico um pouco zonzo e volto a me sentar.

— Metrô já fechou há tempos. Daqui a pouco, está abrindo de novo — comenta Caio. — Onde você mora?

— No Leme — respondo.

Olho para os lados e o bar está vazio. Não sei onde foram parar os amigos dele.

— Eu te dou uma carona, estou de carro hoje. Moro em Botafogo, é perto. Deixo o Caio e a Gio em casa e, depois, você — responde Ícaro.

Eu me levanto de novo, desta vez, com mais firmeza. Ícaro fecha o bar e vamos com ele até o carro.

A viagem até em casa ajuda a arejar minha cabeça. Depois que Caio e Giovanna saem do carro, Ícaro faz inúmeras perguntas e percebo que ele é um cara legal, trabalhador e bem-humorado. O tipo de pessoa que você quer ter ao seu redor. Com ele, tudo tem seu lado positivo, parece que nada o abala.

Quando chegamos na minha rua, o efeito da bebida já passou e fico um pouco triste, porque estava gostando da companhia de Ícaro. Não me lembro do número do prédio, e ele dirige devagar até eu apontar o local certo. Acho que é onde moro, quando eu descer, confirmo com o porteiro.

Ícaro para em frente e tento tirar a chave do bolso, quando ele segura meu braço.

— Foi um imenso prazer conhecer você — diz ele, sorrindo maliciosamente.

Eu o encaro e ele se aproxima, e não o impeço. Ele me abraça com toda a vontade que tem, e me beija. O que acontece é uma confusão na minha cabeça.

Nunca beijei um garoto. Já beijei duas meninas da minha cidade, e há tempos ansiava por isso, mas sou pego de surpresa. Demoro para registrar o que acontece porque, finalmente, sinto que tudo está do jeito que deve ser. Coloco uma das mãos em sua nuca, e o beijo fica mais intenso. Quando começo a me acostumar, ele se afasta um pouco, para me olhar.

— Ok, boa noite — digo, antes que ele fale algo, e saio do carro o mais rápido que consigo. Devo parecer assustado. Talvez esteja.

Ícaro balança a cabeça, às gargalhadas, e dá partida no motor. Fico ali, igual um bobo, parado, olhando o carro dele ir embora. Percebo que não há ninguém na rua, está tudo deserto, e decido entrar no prédio.

Ainda não sei o que pensar sobre o que aconteceu, acabei de dar o primeiro beijo em um cara, e acho que estou sorrindo quando entro em casa.

— É você, Fabrício? — grita Rodrigo, chegando na sala.

— Quem poderia ser? — respondo, de forma idiota para a pergunta idiota dele.

— Deixa de ser ignorante — comenta ele. — Onde você andou? Eu levei um susto quando levantei e não te vi.

— Que horas são?

— Quase cinco.

— O que você faz acordado?

— Vou para a academia, descobri que a que tem aqui no prédio fica aberta a noite toda — responde ele, e não me surpreendo. Rodrigo quer ficar o mais em forma possível para *"paquerar as gatinhas na praia"*. Eu disse a ele que acho que ninguém mais usa essa expressão, e ele me chamou novamente de caipira.

— Ok, vou dormir.

— Está doido? Está quase na hora de ir para a universidade.

— Sem chance de eu ir à universidade hoje. — Vou para o meu quarto e ele vem atrás. Rodrigo se senta na minha cama, e só então percebo que ele parece um pouco transtornado. — Aconteceu algo?

— Não — responde ele, sem muita convicção. — Bem...

— O que foi? Algo ruim? Foi com a minha família? A sua?

— Não, nada assim. Eu fui para uma boate com o pessoal da turma. Aí sabe, cheio de gatinhas. Aí, a Sabrina me mandou um monte de mensagens e eu não respondi. Como poderia? Estava ocupado com outras coisas.

Rodrigo continua falado de beijo, de sei lá qual menina (ou meninas, porque me perco na explicação) ele beijou naquela noite, no quanto Sabrina, sua namorada que ficou em Morro Atrás, encheu a paciência dele por não ter respondido as mensagens dela, na briga que os dois tiveram a noite toda, ela ligando para ele, ele não atendendo, ele atendendo bêbado, ele atendendo chamando-a por outro nome, e por aí vai.

— Vocês terminaram? — pergunto, um pouco mais feliz do que deveria.

— Acho que sim — sussurra ele, parecendo triste. Menos triste do que deveria, mais triste do que eu gostaria. Eu me sento ao seu lado. — Ela não entende que minha vida agora é diferente.

— Ela te ama. Acha que você vai voltar depois de formado, e vocês vão se casar e viver felizes para sempre.

Ele dá uma risada alta, um pouco sarcástica.

— Casar? Pelo amor de Deus, eu vim para o Rio de Janeiro, não quero ficar pensando no que deixei lá. Quero aproveitar a minha vida. Já viu a quantidade de gatinha que tem aqui?

— Bem, devia ter terminado antes de vir — respondo.

Rodrigo me olha e vira o corpo de frente para mim.

— Eu não sabia como ia ser aqui. E, quer saber? Dane-se ela. Dane-se todo mundo, não preciso dela, nem de ninguém. Estou aqui e quero mais é aproveitar tudo, tudo mesmo. Não vou deixar nada passar por mim sem que eu agarre — diz ele, olhando bem fundo nos meus olhos. Eu sinto uma pontada de esperança nas palavras que saem de sua boca, e continuo encarando-o. Seus lábios estão convidativos, e ele coloca uma das mãos no meu ombro, apertando com força. — Agora somos nós, eu e você, contra o mundo, aproveitando tudo. Somos eu e você e só, nós bastamos. Não precisamos de mais ninguém e mais nada.

As palavras dele me dão coragem. A bebida me dá coragem. Droga, o beijo que ganhei, há pouco, e ainda lateja em meus lábios, me dá coragem. Eu puxo Rodrigo para mim e o beijo, beijo com fúria, com paixão, deixando tudo o que estava reprimido transbordar em um único gesto. Não sei de onde sai essa iniciativa toda, acho que é porque quero beijá-lo há muito tempo, e não resisto.

Ele leva milésimos de segundos para reagir, e não é bem o que eu esperava. Rodrigo me dá um empurrão tão forte, que eu caio da cama.

— Mas que droga é essa? Ficou maluco? Acha que sou viado ou o quê? — grita ele, em pé.

— Eu, eu... Eu pensei... Você falou *"nós contra o mundo"* — digo, me levantando.

— Eu disse isso no sentido de amizade, não no sentido de bichice. E desde quando você é boiola? Que droga, sai da minha frente.

Ele sai do quarto, gritando, e fico com medo de os vizinhos escutarem. Vou atrás dele, tentando explicar, mas não consigo falar muita coisa. Estou com vergonha, medo, pavor e magoado com a reação dele.

— Rodrigo, eu...

— Não quero mais te ver na minha frente, sua bicha. — Ele entra no banheiro, abre a torneira e faz algo que me abala: começa a lavar a boca com água e sabão. Estou em choque e sinto lágrimas escorrendo pelas minhas bochechas. Ele pega uma toalha e me olha. — Quero você fora da minha casa ainda hoje — diz, fechando a porta do banheiro na minha cara.

capítulo 8

> Queria poder dizer
> O que eu pensei na noite passada
> Eu bem pertinho de você
> Rolava a noite, entrava madrugada
> **Refém - Bixarte**

CAIO

Passa das cinco da manhã e não consigo dormir. Não paro de me revirar na cama, pois toda a cena com Fabrício, no Corcovado, não sai da minha cabeça. Consigo ver nitidamente a reação dele ao ouvir minha pergunta, e sinto vontade de abraçá-lo.

Desisto do sono. Vou à cozinha caçar algo para comer, seguido por Juno, e sei que o Caio do futuro, que precisará criar várias artes de divulgação para as festas da semana, vai me xingar por este momento.

Abro a geladeira e a luz ilumina um pouco a cozinha. Tem um pote com um pedaço do bolo que mamãe fez de café da manhã, para os parabéns em família. Um bolo de coco com chocolate, bem molhadinho e gelado, é tudo o que preciso.

Abro a gaveta da cozinha e pego uma colher. Até penso em colocar o bolo no prato e deixar um pedaço na geladeira, para quem quiser comer depois, mas como ainda não dormi, tecnicamente, é meu aniversário, então me dou ao luxo de comer tudo sozinho.

Caminho com cuidado no escuro até chegar à varanda, e me sento em uma cadeira, com Juno se aconchegando junto aos meus pés. Equilibro o pote do bolo na minha perna, pego meu celular e abro as redes sociais de Giovanna, digitando o nome do Fabrício, mas não tem nada. Também, quem vai seguir alguém que só posta foto de paisagem? É até difícil dar em cima de uma pessoa dessas. Como puxar assunto? *"Que lindo esse prédio abandonado, vai me levar lá quando?"* Realmente, complicado.

— Será que o Fabrício posta fotos interessantes para curtir? — pergunto, para Juno, enquanto como um pedaço do bolo. — Será que é esta a sensação de começar a gostar de alguém? Meu Deus, tem tanto tempo que nem sei mais.

Revisito a memória recente, buscando os traços e trejeitos dele. Aquela voz grossa, talvez ensaiada por muito tempo, o cabelo escuro curto, e até mesmo o olhar misterioso, provavelmente carente de experiências. Gostar é uma palavra muito forte, mas acho que estou encantado pelo garoto de Minas.

— Tenho certeza de que a culpa é do sotaque — digo, novamente para Juno, como se precisasse culpar algo pelos meus sentimentos.

Escuto passos vindo do corredor e me levanto. Vou até a sala, para ver quem é a mais nova vítima da insônia.

Giovanna caminha em direção à cozinha e não percebe que estou ali, até ela acender a luz.

— Por acaso você está tentando me matar? — sussurra Gio, apoiando a mão na altura do coração.

— Quer bolo? — Levo a colher em direção a ela, falando em um tom igualmente baixo.

— Sai daqui — diz ela, afastando a colher com a mão. — Você não tem que trabalhar mais tarde? Está fazendo o quê acordado?

— Nada... — Giovanna me encara como se desconfiasse de algo — Só perdi o sono mesmo. Muito calor.

— O ar-condicionado do seu quarto parou de funcionar?

— Ele está funcionando, é que... — Não sei pensar sob pressão. Enfio o resto do bolo na boca, para ganhar tempo e parar de falar besteira, mas não dá muito certo. — É que o corpo sabe que aqui fora está calor. O quarto pode até ficar frio, mas tem dias que nem o ar-condicionado engana o biológico.

Giovanna para em frente à porta da geladeira e me olha, incrédula.

— Você sabe que não tem nenhum sentido o que você acabou de falar, né? — diz ela, abrindo a geladeira e pegando uma garrafa de água.

Realmente, não. Mas como irmão mais velho, mesmo não sendo tão mais velho assim, me recuso a admitir que estou acordado por não tirar da cabeça alguém que acabei de conhecer.

— Quem sabe? Talvez um dia façam pesquisas científicas sobre isso. — Suspiro. Giovanna serve um copo de água e bebe. — Mas enfim... — Tento demonstrar desinteresse no meu tom de voz. — E o Fabrício?

— Ah, Caio! Pelo amor de Deus — diz Giovanna, guardando a garrafa de água na geladeira. Ela segue em direção ao quarto. Coloco o pote do bolo dentro da pia e vou atrás, apagando a luz da cozinha.

— Só falei que ele é gay. Não confundi ele, sei lá, com um assassino.

— Não estou falando disso. Quer dizer, também. — Ela entra no quarto e vou junto.

— Está falando sobre o quê, então?

Giovanna se deita na cama e faço a mesma coisa. Nossos quartos têm o mesmo tamanho, mas o dela é tão organizado que parece ainda maior. Até a cama dela parece ser mais gostosa que a minha.

— Quer dizer então que mineiro come quieto? — diz ela, em um tom jocoso, desembolando o elástico do seu tapa-olhos estampado por ovelhas góticas. Pego um travesseiro e cubro meu rosto, sufocando um grito de constrangimento.

— Eu só estava tentando puxar assunto — comento, tirando o travesseiro do rosto, enquanto tento segurar uma risada de nervoso.

— Caio, é muita presunção sua achar que não te conheço, né?

— É sério! Sei lá, bateu diferente. — Eu me sento na beirada da cama e fico de frente para ela. — Não sei explicar o que aconteceu. Parece que esse menino fez com que eu desaprendesse a falar.

— O nome disso é outra coisa.

— Cara, vai parecer doideira o que vou falar, mas a sensação que tive é de que nosso encontro era para acontecer. Que o Universo conspirou para isso. Qual a chance de uma pessoa do interior de Minas vir parar no nosso ciclo de amigos, aqui no Rio de Janeiro?

— Tendo em vista que sou sua irmã, entrei pra faculdade e uma galera do Brasil inteiro vem para cá estudar, acho que não seria tão difícil assim.

— Bom...

— Ele ficou todo sem graça. O come quieto já foi triste, aí você afirma que ele é gay. De onde você tirou isso?

— A gente apenas sente.

— Ah, pronto! Gay e sensitivo — diz Giovanna. — E depois, se ele for mesmo, você fica com o Fabrício, não é nada disso que você está pensando, e corro o risco de perder um colega da faculdade por fogo seu.

— Não é fogo...

— Ok, ok. Te conto tudo o que eu descobrir sobre ele, está feliz? Agora me deixa dormir! — Giovanna coloca o tapa-olhos e se enfia debaixo das cobertas.

— Mas antes de você dormir... — Tiro a coberta de cima do rosto dela e pergunto, baixinho, em seu ouvido — Você realmente não acha que ele é gay?

— Ai, Caio. — Ela começa a rir, fazendo um gesto de reprovação com a cabeça.

— Eu não tenho dúvidas.

— Fica aí o questionamento. Agora, me dá licença.

— Vou dormir com você, seu quarto é bem mais gostoso que o meu.

— Sabe o nome disso? Limpeza! Você deveria tentar no seu.

— Dorme logo, insuportável — brinco.

— Estou falando sério — diz Gio, carregando a voz de ironia, levantando o tapa-olhos até o ponto em que consigo ver o seu olhar para mim. — Inclusive, o Fabrício entrou nele hoje para pegar uma roupa emprestada. Vai que ele tem outra oportunidade para entrar lá, né? Acho que você não vai querer que ele se depare com aquela bagunça toda.

Ela dá um sorriso como quem diz *"Vai falar que estou errada?"*, coloca novamente o tapa-olhos e puxa o edredom de volta para si, como se estivesse em um casulo.

— Cara, você é realmente insuportável, sabia? — provoco, me levantando da cama e caminhando para sair do quarto.

— É genético — diz Giovanna, antes que eu feche a porta.

Sinto uma leve vontade de morrer com esta informação. Quando falei para Giovanna levá-lo ao meu quarto e escolher uma roupa, não pensei que fosse alguém por quem poderia me interessar. O que será que esse menino pensou quando entrou no meu quarto? Vou até lá e fico parado na porta, observando o leve caos instaurado ali, sem saber por onde começar.

Acredito que talvez Fabrício não tenha uma boa impressão de mim. O quarto zoneado, a pegação com Vinicius, mesmo que de brincadeira, o fatídico *"mineiro come quieto"* e, para fechar com chave de ouro, ainda disse que ele era gay sem nem saber se isso é um assunto sensível para ele. Quer dizer, agora sei que sim.

— Pela cama — digo, a Juno, que está deitado dentro de uma gaveta aberta da cômoda. Decido começar a arrumação pela cama, antes que eu morra de constrangimento.

> Sabia que a queda era grande
> Mas tive que pular...
> ...Meu Deus eu pedi tanto pra não ir embora
> Mas tenho que seguir meu caminho agora
> **penhasco. - Luísa Sonza**

FABRÍCIO

Estou no meu quarto, chorando, quando escuto a porta do apartamento fechar com força. Fiquei aqui dentro desde que Rodrigo se trancou no banheiro. Daqui, escutei ele indo para o quarto, para a sala, voltando ao quarto e agora saindo.

Não sei o que fazer. Pensei várias vezes em sair e tentar conversar com ele, mas estou com muita vergonha e arrependido por ter me precipitado. Onde estava com a cabeça?

Estou perdido, não conheço ninguém aqui no Rio, além de Giovanna. Já enviei várias mensagens a ela, sem ter uma resposta; provavelmente ainda está dormindo, ou na universidade. Eu não consegui dormir, minha cabeça dói de sono, cansaço, arrependimento, mas é impossível deitar na cama como se nada tivesse acontecido.

Aproveito que fiquei sozinho no apartamento, saio do quarto e vou até a cozinha, comer algo. A cada dez segundos, checo o celular para ver se Giovanna me respondeu. Espero que ela me ajude, me dê uma luz. Talvez a achar um apartamento para alugar. Será que é possível alugar um até o final do dia? E quanto custa um aluguel no Rio?

Volto para o quarto, e começo a procurar na internet se há algum hotel baratinho perto da universidade, pelo menos até encontrar algo definitivo. Fico chocado com o valor das diárias de hotéis em Ipanema, e nas proximidades. Onde será que é barato morar no Rio? Onde vou arrumar dinheiro para pagar um apartamento para morar sozinho aqui? Já estava pensando em procurar um emprego, depois de alguns dias ambientado na cidade, mas agora, preciso tirar dinheiro de algum lugar com urgência.

Não tenho como avisar meus pais que vou sair do apartamento de Rodrigo, e ver se eles podem mandar mais dinheiro para eu morar sozinho, porque vão querer saber o que aconteceu. E é aí que entro em pânico: e se Rodrigo contar algo a eles? E se já tiver contado? Será que ele mandou uma mensagem para a Sabrina?

Tento me acalmar. Ele não vai falar para ninguém que eu o beijei. Rodrigo jamais admitiria para uma pessoa da nossa cidade que foi beijado por um homem. Assim espero.

Sou acordado pelo meu telefone tocando. Levo um susto, não sei quando peguei no sono. Olho o aparelho e vejo que é Giovanna.

— O que aconteceu? — pergunta ela, aflita. — Você me enviou umas vinte mensagens.

— Desculpa, perdi a noção. — Olho em volta do quarto, tentando me orientar. Não faço ideia de que horas sejam. — Podemos nos encontrar hoje? Agora?

— O que foi? Estou preocupada.

— Tive uns problemas aqui. Preciso sair e conversar com alguém.

— Tenho um compromisso mais tarde, mas pode vir aqui em casa, se quiser.

Penso, por um momento. Na casa dela, teremos mais

privacidade e, pelo que percebi, os pais dela são tranquilos. Quem sabe eles também me ajudam?

— Não vou te atrapalhar?

— Não, pode vir quando quiser.

— Já estou indo — respondo.

Um Uber até a casa de Giovanna seria mais rápido, mas preciso economizar cada centavo agora. Opto pelo metrô porque já sei usar este transporte. Um ônibus sairia mais barato, mas não sei qual pegar, onde descer, o trajeto que vai fazer. Poderia pesquisar tudo na internet, mas estou com pressa em ir ao encontro de minha amiga, e tenho medo de me perder pela cidade, mesmo os dois bairros sendo próximos.

O tanto que ontem gostei do metrô, hoje, reclamo. Ele poderia ser mais veloz. Ok, são apenas duas estações, mas eu queria estar na casa de Giovanna de imediato. Decido aproveitar o tempo para pensar na confusão em que me meti, e não chego à conclusão alguma.

A única coisa que sei é que tenho de sair do apartamento do Rodrigo ainda hoje. Aquele lugar é dele, o pai dele é o proprietário, e não sou mais bem-vindo. Eu o conheço há muito tempo para saber que não vai mudar de ideia, muito menos me deixar ficar lá até que eu encontre outro apartamento. Provavelmente, nem está se importando com o fato de eu não ter onde dormir hoje.

Desço na estação do Flamengo e caminho até o prédio de Giovanna. Ela me atende rápido e me dá um abraço apertado.

— Você me deu um susto — diz ela, e fico feliz por alguém se preocupar comigo.

— Desculpa.

Ela me puxa pela mão e me faz sentar no sofá.

— O que foi? — pergunta, e continuo mudo. — Estou sozinha, pode falar.

Concordo com a cabeça. Estava com medo de que alguém chegasse ali, na sala.

— Eu meio que briguei com o Rodrigo.

— O cara com quem você divide apartamento?

— O cara dono do apartamento. E, por isso, ele me expulsou de lá.

— Como assim, ele te mandou embora na hora? — Ela parece confusa.

— Mais ou menos. Sim, sei lá. Ele disse que não me quer mais lá, e agora não sei o que fazer. Preciso de ajuda para arrumar um lugar para morar, e um emprego. Eu já estava pensando em arrumar algo, mas agora preciso de dinheiro urgente.

— Uau, calma. Por que vocês brigaram?

Eu a encaro e depois desvio o rosto. Devia contar tudo a ela, do beijo em Ícaro e em Rodrigo, da briga com ele. Tenho a certeza de que não vai se importar, mas o que aconteceu hoje cedo ainda está na minha cabeça como uma mancha de vergonha.

— Besteira.

— Se fosse besteira, ele não te expulsava — diz ela. — Desculpa.

— Tudo bem, estou aqui na sua casa te pedindo ajuda, você tem todo o direito de saber o que aconteceu. Só me dá um tempo. Eu vim ensaiando a conversa no caminho.

— É que estou confusa, mas é claro que vou te ajudar.

Eu me levanto do sofá e começo a andar pela sala. Balanço a cabeça e respiro fundo, tentando manter o foco e pensando. Eu ansiava por isso e, agora que aconteceu, não sei como agir. Fingi a vida inteira e não sei como é viver a verdade.

— Seu irmão tem razão — digo, por fim.

— Hã? — Ela não entende.

— Eu jogo no time dele — confesso, usando as palavras dela na noite anterior.

Soa tão estranho, mas ao mesmo tempo é como tirar um peso dos ombros. Giovanna arregala os olhos e vejo que ela realmente não tinha percebido.

— Você é gay?

— Sim — respondo. — Desculpa não ter te contado assim que nos conhecemos. É que... Fingi a vida toda, ninguém na minha cidade sabe. Nunca confessei a ninguém isso.

— Nossa. Nem sei o que dizer. Que droga, não queria que o Caio estivesse certo — diz ela, e logo olha para mim. — Não é isso, não estou interessada em você. — Ela ri e acompanho o riso. — É só que dá raiva ele sempre ter razão.

— Não sabia como te contar. Vim para o Rio para ser eu mesmo, parar de fingir — respondo, com sinceridade. Encaro Giovanna, um pouco sem graça. — Mas não sabia como falar com você sobre isso, mesmo você me contando sobre seu irmão.

— Você achou que eu ia te julgar? — Ela parece sinceramente ofendida.

— Não, apenas não sabia como te contar. Como disse, nunca contei a ninguém, não sabia como falar de forma natural com você.

Ela balança a cabeça, concordando.

— Tudo bem. Conheci muitos gays a minha vida toda para saber que nem sempre é fácil. — Ela me olha. — Ainda bem que não fiquei com vontade de te beijar, quando nos conhecemos — diz Giovanna, me fazendo rir alto.

— Sim, desculpa.

— Pare de pedir desculpas. Agora me conta, o Rodrigo te expulsou por isso?

— Sim, ele meio que descobriu.

— Meio que descobriu?

Eu a encaro um pouco sem graça e volto a me sentar no sofá, ao lado dela. Penso mais uma vez em contar a verdade, mas não tenho coragem. Estou com muita vergonha de ter beijado Rodrigo, de ter achado que tínhamos um futuro juntos, de pensar que, por um momento, ele estava se declarando para mim. Então, conto meia verdade.

— Eu me abri para ele quando cheguei em casa, hoje cedo.

— Você disse a ele que é gay? — Ela se espanta e eu balanço a cabeça. — E aí?

— E aí que ele me chamou de bicha, boiola e disse que não quer um viado na casa dele.

— Que idiota — diz Giovanna, visivelmente revoltada.

— Falou para eu sair de lá ainda hoje, que não quer mais que eu more lá porque jamais dividirá o teto com um... hã... bicha — digo, resumindo a briga toda. — Então, tenho até o final do dia para deixar o apartamento.

— Que confusão. — Ela me encara. — Mas você me contou que são amigos há anos. Ele pode mudar de ideia.

— Ele não vai — confesso. Eu sei que ele não vai mudar de ideia por causa do beijo, mas não quero que Giovanna saiba disso. — Você não conhece o Rodrigo.

— Mas ele é seu amigo, não vai te abandonar nas ruas da cidade sem você ter para onde ir.

— Vai, ele vai fazer isso. — Como explicar para ela que as pessoas não são receptivas? Um filme sobre minha vida e os depoimentos que li na internet, enquanto crescia, passam pela minha cabeça. — Para você, isso pode parecer um absurdo, mas para ele, não. Rodrigo simplesmente não aceita que eu seja gay e não me quer mais por perto. As pessoas são intolerantes e não se preocupam com os outros. Ele jamais vai ter um gay como melhor amigo.

Ainda mais depois de tudo o que aconteceu, mais cedo.

— Eu sei que algumas pessoas são preconceituosas, mas ainda assim, para mim, é tão inaceitável e surreal. Não consigo me imaginar colocando uma amiga para fora de casa só porque ela é diferente de mim.

— Pelo que percebi, você cresceu em um lar onde há diálogo, amor e respeito pela vida do outro. A impressão que tenho, é que seus pais sempre aceitaram seu irmão como ele é, sem julgar ou querer mudá-lo. Mas lá fora, as coisas são diferentes.

— Eu sei, eu sei. — Ela morde o lábio e me encara. — Ele não vai mesmo mudar de ideia?

Fico pensando em Rodrigo falando que tudo bem, que eu posso ser um gay feliz na casa dele, que podemos continuar dividindo o mesmo teto e que não está nem aí para o que faço da minha vida. É algo impossível de acontecer.

— Não — respondo.

— Então, vamos pensar.

— É o que fiz o dia todo. Procurei apartamentos, hotel, emprego, fiquei o dia todo pensando nisso. Nunca precisei me preocupar com essas coisas, não sei como se aluga um imóvel — confesso, um pouco sem graça. — Meus pais sempre resolveram tudo da vida adulta para mim, em Morro Atrás.

Giovanna ri um pouco do meu jeito e eu a acompanho. É bom estar ao lado dela.

— Bem, meus pais podem ajudar. Talvez o Caio saiba algo e... — Ela para e me encara, sorrindo. — Já sei! O Ícaro, meu Deus, como não me lembrei disso antes? Outro dia ele comentou com o Caio que o cara que mora com ele ia embora. Não me lembro direito, porque não prestei muita atenção, mas você pode ir até o Corcovado, falar com ele.

— O Ícaro?

Eu gelo à menção do nome de Ícaro. Morar com ele? Com o cara que me beijou hoje cedo? Será que isso vai dar certo?

Nos poucos segundos que entro em pânico, vejo Giovanna digitar algo no celular, e me censuro porque não posso me dar ao luxo de ficar escolhendo com quem vou morar. Se ele estiver procurando alguém para dividir o aluguel, eu aceito. Preciso me mudar para um lugar ainda esta noite.

O celular de Giovanna faz um barulho de notificação, e ela me olha, feliz, mostrando o visor.

— O Ícaro já está no Corcovado, enviei uma mensagem avisando que você vai lá conversar com ele.

— Obrigado? — Soa como uma pergunta, mas tento agradecer de forma sincera o empenho dela. Eu me levanto, ainda atordoado, pensando em como vou morar com o cara que me beijou.

— Você vai amar morar com ele, o Ícaro é tão gente boa — diz Giovanna, digitando no celular. — Acabei de chamar um Uber para te levar ao Corcovado, assim tenho certeza de que você irá chegar lá bem. Só não vou junto porque preciso ir até a casa da minha prima. Ela vai se casar em breve e prometi ir lá, esta noite, resolver umas pendências. — Giovanna começa a falar da prima, de Ícaro, de casamento, de mim, toda empolgada e eu apenas balanço a cabeça. — Que bom que deu tudo certo — diz ela, me dando um abraço apertado.

Saio da casa dela sem ter certeza de que realmente deu tudo certo.

*Eu simplesmente não consigo tirar você da minha cabeça
Garoto, seu amor é tudo o que eu penso*
Can't Get You out My Head - Kylie Minogue

CAIO

    Estou na produtora, sendo improdutivo. Repito a frase idiota na minha cabeça, por longos minutos. O trabalho não rende, estou com sono e cansado por ter ficado arrumando o quarto. Devia ter dormido quando cheguei do Corcovado, mas sou um bobo sentimental, que ficou a madrugada toda pensando em um cara que nem deve ter reparado em mim.

    Tentei ouvir alguma *playlist*, mas hoje, nem a música está ajudando. Eu me levanto e vou até a copa, e encho uma caneca de café até quase transbordar, porque preciso de combustível se quiser ser um pouco útil.

    Ah, bom, a quem estou enganando? Não existe a menor possibilidade de eu produzir algo.

    Volto para a mesa. A frase idiota se repete na minha cabeça. *Estou na produtora, sendo improdutivo.*

    Pego meu celular e volto às redes sociais de Giovanna. Será que ela finalmente adicionou o Fabrício em alguma delas? Olho novamente os seguidos e seguidores dela, e não há nem um Fabrício. Quem é que, hoje em dia, faz amizade com alguém e não troca contato na internet? Preciso conversar seriamente com a minha irmã sobre a vida digital.

Eu me arrependo de não ter perguntando se ele tem conta em alguma rede social, quando estávamos no Corcovado. A conversa fluiu bem a noite toda, e me esqueci disso. Apesar de que era capaz de eu ter soltado alguma besteira, ao perguntar qualquer coisa a ele.

— Fabrício, posso me enfiar no meio dos seus contatos?

Ou

— Fabrício, o que acha de um seguir o outro?

Meu Deus, preciso realmente ter um filtro.

As horas passam, faço e refaço uma arte sobre uma festa onde vão dar algo com canela. Olho para a tela do monitor e tento me concentrar na chamada: *Rodada dupla de cachaça de canela das 23h às 00h e rodada dupla de caipirinha das 00h às 01h*.

Talvez eu devesse convidar o Fabrício para ir a esta festa.

— Fabrício, quer tomar canela rodando duplamente comigo?

É a minha cara falar isso para alguém interessante, que acabei de conhecer, e encerrar qualquer chance que poderia ter.

Agradeço por este ser o único trabalho urgente que tenho hoje. As outras artes vão ficar para amanhã. Preciso tirar aquele mineiro da minha cabeça, mas talvez, não queira tirar.

Será que Giovanna tem razão e ele não é gay? Será que confundi tudo só porque fiquei interessado nele, e quero que seja só para ele também ficar interessado em mim? Nunca me confundi sobre isso, antes. E se ele for e não gostar de mim? E se ele não for e gostar da Gio e eles namorarem, e casarem e eu vou viver olhando ele e apaixonado? Eu estou apaixonado? Eu devia ter dormido.

Quando termino a arte, envio para Vini, que está do outro lado da sala, aprovar. Ele faz um sinal de *"joinha"* por cima do monitor. Aproveito que ele se levantou e foi até a copa, e vou atrás. Carol e Marília não estão aqui, saíram para fazer sei-lá-o-quê de algum evento que acontece no fim de semana.

— Fala, Vini — digo, me encostando no balcão e cruzando os braços. Ele me encara.

— Fala, Vini? O que é isso? Você não fala assim.

— Estou puxando assunto — respondo.

Vini abre o armário, pega um pacote de sequilhos e me oferece, mas recuso.

— Você está estranho. — Ele me olha, assustado. — Ah, Caio, ontem foi só mesmo para despistar o cara com quem já fiquei.

— Hã?

Não entendo o que ele está falando.

— Eu não quis te beijar porque estou a fim de você, amigo.

— O quê? Não! Meu Deus, não! — digo, e começo a rir. — Vini, não é nada disso.

Tenho uma crise de riso e ele me acompanha.

— Ah, que bom, pensei que você tinha entendido errado.

— Não, não.

Enxugo uma lágrima. Só mesmo o Vini para me fazer rir assim, hoje.

— Sei lá, você chegou aqui de um jeito estranho. Fiquei assustado. Não quero estragar a nossa amizade.

— É que não estou bem hoje.

— Você podia ter ido embora mais cedo, então. Já tomou algum remédio?

Eu o olho, confuso, e volto a rir.

— Não estou passando mal. Só estou cansado. E...

— E?

— Bom, você conheceu o amigo da minha irmã ontem, né?

— O Fabrício? — pergunta ele, voltando para a sua mesa. Vou atrás.

— Sim. E?

— E o quê?

— O que você acha?

— Meu Deus, amigo, o que acho do quê? O que você tem, Caio?

— Você acha que ele é gay?

— É claro que ele é gay.

— Eu sabia! — digo, alto. — Falei para a Gio, mas ela ficou me enchendo que ele não é, que eu penso que todo mundo é, que eu queria que todo mundo fosse, que eu vou... — Perco minha linha de raciocínio e encaro Vini, que está confuso. — Não sei o que eu vou fazer.

— Também não sei o que você vai fazer, mas seja lá o que for, não faça hoje. Você realmente não está bem.

— Não dormi direito esta noite. — Puxo uma cadeira, que está próxima da mesa dele, e me sento. — Não dormi nada, só cochilei um pouco, então não estou sendo eu.

— Por causa do Fabrício?

— Sim. — Olho Vini, que começa a rir.

— Você está empolgado com o mineiro. Que romântico! — Vini parece se lembrar de algo. — Ih... Será que nosso beijo estragou suas chances?

— Acho que não, explicamos a ele que era só para você espantar um ex.

— Nem me lembre. — Ele faz uma careta. — Quem é que beija e não usa a língua? Ele acha que a língua existe para quê?

— Hã... Para falar. Talvez não tanta besteira quanto eu falo — respondo.

— Talvez, se você a usasse mais para outras coisas, não sobraria tempo para falar besteira.

— Você é tão ridículo — comento, rindo.

Nossa conversa é interrompida pelo meu celular tocando.

— Oi — diz Giovanna. — Seguinte, Fabrício está indo para o Corcovado. O amigo que mora com ele o expulsou de casa.

— O que aconteceu? — pergunto, espantado, e Vini me encara, preocupado.

— Você estava certo... Ele é gay. E saiu ontem do bar, e quando chegou em casa, foi se abrir para o Rodrigo, que era amigo dele desde a infância, só que o cara foi extremamente homofóbico — diz Gio, apressadamente.

Sinto meu coração se apertar.

— Por que ele está indo para o Corcovado?

— Ele precisa de um lugar para morar, e o Ícaro pode oferecer isto. Eu ouvi vocês conversando sobre o quarto vago no apartamento dele.

— E você o deixou ir para lá sozinho, Gio?

— Não fui junto, mas o coloquei dentro de um Uber. O casamento da Vanessa está chegando e fiquei de ajudar logo hoje. Não posso desmarcar, por isso estou te ligando! Vai lá fazer companhia para ele — pede Giovanna, com a voz carregada de preocupação.

A ideia de deixar Fabrício sozinho não passa pela minha cabeça em nenhum momento, é claro que vou para o Corcovado. Falo para Giovanna ficar tranquila, que já estou a caminho. Desligo o telefone e Vini pergunta o que está acontecendo. Conto tudo e ele me faz ir embora da produtora na mesma hora.

Só em pensar que Fabrício precisa de mim, parece que recupero toda a minha lucidez. Saio apressado, rumo ao Corcovado.

capítulo 11

Lá de onde eu vim não há dor que não passa
Não tem tempo ruim nem conversa fiada
Não há mal que não possa ter seu fim
Assuma - Castello Branco

FABRÍCIO

O movimento no Corcovado ainda está tranquilo e não avisto Ícaro de imediato. Ele está atrás do balcão, abaixado, mexendo em uma caixa. Ao se levantar, me vê e sorri, acenando. Eu me aproximo, ainda tentando decidir se é uma boa ideia morar com ele.

— E aí, Smurf? A Gio avisou que você quer falar comigo — diz ele, tirando algumas garrafas da caixa e colocando no balcão.

— É, bem, sim. — Sinto que estou parecendo um bobo assustado, e tento me recompor. — Ela me contou que você está procurando alguém para dividir o aluguel.

— Ah, sim. O Tadeu se formou e voltou para a Bahia. — Ele para de falar e chama um dos funcionários, entregando duas garrafas de vodca. — Coloca ali, por favor — pede ao funcionário, indicando a outra extremidade do balcão. — Então estou com um quarto vago — diz ele, e levo alguns segundos para entender que está falando comigo. — Imagina só o que o Tadeu vai aprontar na Bahia! Ele é uma figura. Meu Deus, como vou sentir saudades dele.

Ícaro volta a mexer nas caixas que estão atrás do balcão, e me pergunto se estou atrapalhando.

— Posso voltar depois — digo, um pouco sem graça.

— Não, não, fique aí. Desculpa, é que daqui a pouco isto aqui vai estar fervendo de gente, mas pode ir falando que eu consigo fazer várias coisas ao mesmo tempo — diz ele, piscando para mim, e sinto meu rosto corar.

— É, bem, estou precisando de um lugar para morar — digo. Ícaro para de mexer nas caixas, se levanta e me encara, confuso. Percebo que não entendeu o que eu quis dizer. — Sobre o quarto vago na sua casa...

— Você quer dividir o apartamento comigo, é isso?

— Bem, sim. Se você ainda estiver procurando alguém para ocupar o, hum... quarto do Tadeu.

— Sim! — Os olhos dele brilham. — Estou procurando, sim. O Joca chegou a ir lá, mas reclamou que era longe. Ele trabalha em Niterói, e aí arrumou algo por lá mesmo. Mas se você está precisando de um lugar para morar, o quarto é seu.

Respiro aliviado. Um problema resolvido.

— Obrigado — agradeço. Ele sorri e começa a organizar alguns copos. — E, bem, eu meio que preciso desocupar o lugar onde estou ainda esta noite, então, se não tiver problema, posso ir para lá hoje mesmo?

— Claro que sim. — Ele me encara. — Aconteceu alguma coisa?

— O cara que divide o apartamento comigo, bem... ele descobriu que eu sou gay — digo, ainda tentando me acostumar a falar isto em voz alta. — E me expulsou. O apartamento é dele.

— Que imbecil. — Ícaro balança a cabeça. — Infelizmente, você não é o primeiro a passar por isso, nem será o último. — Ele começa a preparar um drink. — E como você está?

— Bem — respondo, sem convicção, e ele me encara. Dou um sorriso sem graça. — Tentando ficar bem. Só preciso tirar tudo de lá ainda hoje.

— Posso te dar a chave e o endereço de onde moro, mas se preferir me esperar, eu te levo quando terminar meu expediente.

— Não sei o que fazer — confesso.

O que Rodrigo vai pensar ao me ver chegando lá com outro homem? E como ele vai reagir?

— Na minha pouca e vasta experiência de vida, acho que não seria legal você ir sozinho.

— Você passou por isso?

— Não. — Ele balança a cabeça. — Nunca conheci meu pai, mas minha mãe é tranquila, nunca me encheu a paciência por ser quem eu sou, sempre nos demos bem. E estou com o carro dela, vou devolver amanhã, então aproveita que hoje você tem transporte para fazer a mudança. — Ele sorri para mim e retribuo. — Sei que vou sair daqui tarde, mas talvez, seja até melhor, porque seu amigo já deve estar dormindo quando passarmos lá. E, se estiver acordado, estarei junto para te ajudar. — Ele se aproxima de mim e sussurra. — Eu faço *muay thai* e irei te defender — brinca, e decido que Ícaro já é o meu mais novo melhor amigo.

— Obrigado. Vou ficar aqui um pouco, pensando no que fazer. Pelo menos um dos problemas eu resolvi, que é onde morar. Agora, só falta arrumar um emprego.

Os olhos de Ícaro brilham mais uma vez.

— Que lindo! Hoje vou ser a sua fada madrinha porque estou precisando de alguém para trabalhar aqui, estamos com um déficit de pessoal. O que você sabe fazer em um bar?

Agora é minha vez de encará-lo. Será que Giovanna tem razão e tudo realmente deu certo? Ícaro sorri para mim, enquanto vai terminando a bebida que está preparando. O que eu sei fazer em um bar, além de beber?

— Posso lavar a louça, varrer, faço qualquer coisa. Só preciso de um emprego — respondo, tentando imaginar a cara dos meus pais me vendo lavando pratos e varrendo o chão.

— Bom, vamos fazer um período de experiência e ver se você se encaixa aqui. Não pense que, só porque mora comigo, vai ter privilégio. Se não se sair bem, não será contratado — diz ele, sério, e fico feliz em perceber que as coisas parecem estar se ajeitando de verdade. — Temos um sistema de duas escalas: a primeira vai das seis da tarde à meia-noite e a segunda, de oito às duas da madrugada.

— Bem, se puder ser das seis à meia-noite, fica melhor, por causa da faculdade — respondo, já pensando que vou dormir pouco, mas compenso depois, recuperando o sono de tarde. O que importa agora é ter um trabalho.

Ícaro concorda, explicando que precisa de funcionários, mas que, com o começo das aulas na faculdade ali perto, em breve as vagas serão preenchidas por estudantes em busca do primeiro emprego.

— Já ia me esquecendo. Tenho duas regras para dividir o apartamento: sem drogas e nada de se envolver emocionalmente comigo, porque isso não dá certo. Seremos apenas amigos e o beijo, de hoje cedo, nunca aconteceu. Combinado?

— Combinado — respondo, feliz em ver que minhas neuras não tinham fundamento. Percebo que podemos dar certo dividindo um apartamento.

— Para você — diz ele, colocando o drink que preparava na minha frente. — Este é por conta da casa, uma espécie de boas-vindas.

— Obrigado — respondo.

Ícaro se afasta quando um funcionário o chama. Estou imerso em meus pensamentos, saboreando a bebida, quando sinto alguém tocar meu ombro. Ao me virar, vejo Caio parado, sorrindo para mim.

Eu e Caio ocupamos uma das mesas do Corcovado. O movimento do bar começou a aumentar, mas ainda há poucas pessoas à nossa volta, e agradeço por isso. Já passei a quantidade suficiente de constrangimento para um dia, não preciso de estranhos escutando a nossa conversa.

Giovanna já havia adiantado o assunto para ele, então não preciso me ater à briga com Rodrigo e o motivo de ter saído de lá. Caio não pergunta detalhes, e agradeço por ele não querer saber exatamente como foi, assim, não preciso contar a parte mais humilhante do meu dia.

— Não fica chateado pela Gio ter me contado. Ela só quis ajudar — diz ele, preocupado, o que o torna ainda mais fofo do que já é.

— Não fiquei chateado. É legal saber que alguém se preocupa comigo — respondo, com sinceridade.

— Claro que nos preocupamos. Os amigos da Gio são meus amigos — responde ele, e fica calado, não sei se pensando no que falou ou no que ainda vai falar. Ele balança a cabeça. — Já conheci muita gente que passou pelo que você está passando. Estou aqui para ajudar no que for preciso.

— Obrigado. O Ícaro meio que me ajudou com tudo — digo, e me arrependo na mesma hora, porque parece que estou dispensando Caio. E percebo que não quero que ele vá embora. — Eu precisava de um lugar para morar e um emprego. Nem acredito que consegui os dois.

— A gente se ajuda — diz ele, não parecendo notar que eu meio que o mandei embora. Será que realmente o mandei embora? — Eu e o Ícaro viemos de famílias tranquilas quanto à nossa orientação sexual, mas nem todo mundo tem a mesma sorte.

Quando nos conhecemos, decidimos ajudar outras pessoas que passam por isso. — Ele começa a rir, um riso gostoso. — Cara, parece que criamos uma ONG ou uma rede de contatos ultrassecretos, que fazem uma ponte entre as pessoas e as colocam em lugares específicos, ou em moradias específicas, e as ligam e conectam e... Desculpa, hoje eu estou um pouco desligado.

Ele para de falar, parecendo envergonhado. Eu o acho cada vez mais fofo.

— Nunca conheci ninguém igual a gente — digo. — Quero dizer, na minha cidade tem um cara que é gay, mas nunca me aproximei dele. Eu seria um pária lá, e sempre fui um idiota que queria se encaixar — explico, envergonhado.

— Todo mundo quer se encaixar.

— Sim, talvez. — Dou de ombros. — Meus pais são completamente diferentes dos seus, nunca tive com quem conversar. Acho que minha irmã sempre desconfiou, mas nunca me senti à vontade para falar com ela sobre isso. E tem o Rodrigo...

— O cara com quem você morava? — pergunta ele, chegando um pouco para a frente na cadeira.

— Sim. — Eu encaro a bebida que Ícaro me deu. O gelo já derreteu e o suor escorre pelo copo, formando uma poça na mesa. — Ele sempre foi o meu melhor amigo e nunca desconfiou. Deve ter sido um choque para ele.

— Isso não justifica o fato de ter te expulsado. Não faz sentido a pessoa que é sua amiga desde sempre fazer isso, somente pelo fato de você gostar de alguém do mesmo sexo.

— É complicado — digo, porque não vou contar sobre o beijo nem morto. — Ele descobriu que menti para ele a vida toda. E a nossa realidade é diferente da sua. — Tomo um gole da bebida. — Não quero falar disso, desculpa. Hoje, não.

— Tudo bem. Vim mesmo para avisar que, o que precisar, estou aqui. — Ele sorri e se corrige. — Estamos todos aqui.

— Obrigado. Agora, só preciso mesmo esperar o Ícaro sair do trabalho, para pegar minhas coisas na casa do Rodrigo.

— Eu posso te acompanhar, se já quiser ir — diz Caio.

— Não vai te atrapalhar? — pergunto, tentado a aceitar. Estou cansado, mal dormi, e quero resolver logo isso. Quero tirar as coisas do apartamento de Rodrigo antes que ele volte para casa. Se é que já não voltou.

— Não. Como falei, vim aqui para te ajudar, estou por sua conta.

·•◦○🪐○◦•·

Ícaro insistiu que pegássemos o carro da mãe dele para fazer a minha mudança, mesmo eu avisando que não tinha muita coisa para transportar.

O caminho até o Leme parece maior do que no dia anterior. Não sei se porque agora tem um pouco de trânsito ou se porque estou nervoso.

Antes de deixar o bar, enviei uma mensagem a Rodrigo avisando que estava indo buscar minhas coisas, para dar a ele a chance de sair antes que eu chegue lá, caso não queira me ver. Ele não respondeu.

Caio roda alguns quarteirões até encontrar uma vaga.

— Acho melhor eu ir junto com você — diz ele, com calma.

— Sim, acho que sim — respondo, sem saber qual opção é a melhor. Ir sozinho? Levar alguém?

Andamos em silêncio até o prédio, e subimos no elevador sem falar nada. Entro no apartamento e está tudo escuro. Respiro aliviado.

Vou até o meu quarto e vejo uma luz saindo por baixo da porta do quarto de Rodrigo. Droga, ele está em casa. Faço sinal de silêncio para Caio, que assente, e fecho a porta do meu quarto.

Pego minha mala e Caio a abre. Vou tirando as roupas do armário e entregando a ele, que vai jogando de qualquer jeito dentro dela. Ainda bem que não tenho muita coisa, e conseguimos pegar tudo rapidamente.

Caio sai do quarto primeiro, carregando a mala ao invés de puxá-la, para não fazer barulho, comigo atrás, segurando alguns cadernos. Quando ele destranca a porta, Rodrigo sai do quarto dele.

— Trouxe uma bicha para ajudar? — diz Rodrigo, de forma agressiva, com a intenção de me ferir.

Antes que eu pense em qualquer coisa para responder, Caio põe a mala no chão e se coloca na minha frente.

— Aham! Uma bicha, um viado, boiola, ou qualquer outro adjetivo que quiser usar. Tem vários! Se precisar de ajuda, faço uma lista e te mando. Ah, e prazer em te conhecer, sou o Caio, namorado do Fabrício — diz ele, para minha surpresa.

E a de Rodrigo também, que se assusta com o comentário e fica sem reação. Caio estende a mão e Rodrigo a olha e dá um passo para trás.

— Vai embora, não quero te ver mais — diz Rodrigo, olhando para mim e ignorando Caio.

— Não se preocupe, ele também não quer te ver mais — responde Caio. Eu ainda estou em choque quando ele passa o braço ao redor dos meus ombros. — Vem amor, vamos ser felizes fazendo nossas boiolices.

Caio me puxa para fora do apartamento e eu o vejo fechando a porta, deixando para trás um Rodrigo perplexo.

Acho que também estou perplexo, quando entro no elevador.

— Desculpa — diz Caio, mas não consegue falar mais nada, porque o elevador para no andar de baixo e um casal de idosos entra.

Caminhamos até o carro calados, e seguimos rumo ao apartamento de Ícaro.

— O que acabou de acontecer? — pergunto, confuso.

— Meu sangue ferveu, Fabrício, vendo o Rodrigo falar contigo daquele jeito. Não consegui me controlar. Foi mal.

— Tudo bem — digo.

— Desculpa. Se tem uma coisa que aprendi, nesses anos todos, é que a melhor atitude é confrontar a pessoa com o que ela mais tem de preconceito. Se ele acha que te chamar de bicha vai te humilhar ou ferir, então fala que você é bicha mesmo e está feliz. Assim, você deixa a pessoa sem reação.

— Entendi.

— E, bom, desculpa também por ter falado que você é meu namorado. Mas você viu a cara dele? — Caio começa a rir e eu o acompanho. — Meu Deus, parecia que a alma dele tinha saído do corpo e voltado umas dez vezes.

— Foi engraçado — respondo, porque, realmente, pensando agora, foi engraçado mesmo.

— Deixa ele lá, sozinho naquele apartamento pensando em você sendo feliz.

— Sendo feliz com a minha boiolice? — comento, me referindo ao que ele falou.

— Isso aí.

Chegamos ao prédio onde Ícaro mora em Botafogo, em uma rua com pouco movimento e gosto do lugar. O apartamento não é grande, com dois quartos pequenos, mas aconchegantes. Caio me mostra onde vou dormir (o ex-quarto de Tadeu), e coloco a mala em um canto.

Eu me sento na cama, pensando na minha vida nas últimas horas. Foi um turbilhão de sentimentos, reviravoltas, raiva, vergonha, medo, insegurança, perplexidade. Uma mistura de tudo e ainda não sei como será daqui para a frente.

E é nesta hora que penso nos meus pais, em Morro Atrás. Será que eles já sabem que saí da casa de Rodrigo? Em algum momento eles vão saber. E como vou agir quando isso acontecer? Será que consigo esconder deles até o final dos tempos?

Começo a chorar e Caio se desespera, pensando que estou chorando por causa do que ele fez na casa de Rodrigo.

— Ah, Fabrício, me desculpa, acho que passei do limite — pede ele, colocando a mão no meu ombro.

Isso só aumenta minhas lágrimas. Tento explicar que não estou chateado com o que ele falou, nem de como agiu. Fiquei feliz em ver que Caio não hesitou nem um segundo em me defender, me sinto grato por isso.

Ele me abraça e choro mais e mais e mais, até esgotar todas as minhas forças.

capítulo 12

> Eu já deitei no seu sorriso
> Só você não sabe...
> ...Eu hoje tô bem
> Quero ser o seu bem
> **Por supuesto - Marina Sena**

CAIO

Posso sentir o coração do Fabrício acelerado, enquanto ele chora, abraçado a mim. Se pudesse, absorveria um pouco dessa dor para ele não sentir tudo sozinho. Sua cabeça ainda está apoiada em meu ombro quando ele parece "desligar" em meus braços.

Não quero arriscar acordá-lo, e fico sem saber o que fazer, parado na mesma posição por um bom tempo, encostado na cabeceira da cama, com Fabrício aconchegado a mim. Os braços dele estão em volta do meu corpo e sinto o calor de sua pele. Parece que um trilhão de borboletas voam no meu estômago, e não quero sair daqui nunca mais.

Encosto minha cabeça na dele e sinto vontade de acariciar seu cabelo, que, assim como ele, é muito cheiroso. Chego a levantar a mão para tocá-lo, mas desisto. Não quero ser invasivo e nem parecer que estou me aproveitando da situação.

Fico parado por mais um tempo, apenas sentindo seu peito no meu, subindo e descendo com a respiração. Ele se mexe um pouco, e me abraça ainda mais, e parece que vou para o céu de tanta felicidade. Eu acaricio suas costas e ele se ajeita, balbuciando algo que não entendo. Só quero ficar aqui, nesta cama, sendo abraçado por alguém que estou começando a gostar.

Em algum momento da noite, meu corpo parece se acostumar ao dele e começa a relaxar. Não percebi que estava tenso, com toda esta nova sensação de ter Fabrício tão próximo a mim, e é então que percebo que não preciso ficar assim; posso aproveitar o momento e ficar quieto, junto dele, curtindo cada instante. É tão íntimo que tenho até medo de respirar e quebrar a magia.

Aos poucos, vou reclinando com cuidado, me deitando na cama, trazendo Fabrício junto. Ele encaixa o rosto no meu pescoço, ainda abraçado a mim, e sua respiração faz meu corpo voltar a fervilhar. Ele está tão próximo que, se eu virar a cabeça um pouco, quase posso beijá-lo na boca.

Neste momento, nada mais importa, somos só nós dois dividindo o mesmo espaço. Fecho meus olhos e pareço estar sonhando antes mesmo de dormir.

Acordo com o celular vibrando no bolso de trás da bermuda. Fabrício ainda repousa em meus braços e, embora queira ficar assim para sempre, preciso atender, não sei quem está ligando. Tento me desvencilhar dele com o máximo de cuidado possível, para não acordá-lo. O quarto não tem cortina, então a claridade da lua cheia entra pela janela e consigo ver seu rosto, que me transmite uma paz que talvez ele não vá experimentar quando despertar.

Eu me sinto um pouco perdido, está tudo muito silencioso. Não sei se dormi trinta minutos ou quatro horas. Assim que consigo me separar de Fabrício, me coloco de pé e tento pegar o celular, só que, na afobação, acabo derrubando o aparelho e acordo Fabrício.

Ele também parece estar perdido e me olha, um pouco assustado.

— Desculpa, derrubei o celular — sussurro, como se o estrago já não tivesse sido feito.

— Que horas são? — diz Fabrício, se sentando na cama e esfregando os olhos.

— São quase três da manhã — respondo, ao pegar o celular no chão. Fabrício parece se assustar ainda mais. — Dormimos um bocadinho de tempo, né? — comento, para tentar descontrair, mas parece não funcionar.

— Nossa, peguei no sono, foi mal! — Fabrício começa a falar. — Não quis te prender aqui, não sei se você tinha algum compromisso, se tem alguém te esperando.

— Não tenho ninguém, estou disponível! Sozinho mesmo, solteiro, poderia ficar aqui até de manhã, sem problema. — Percebo que confirmei que estou solteiro muito rápido e muitas vezes. Vejo Fabrício esboçar um leve sorriso no canto da boca. Tenho vontade de sumir.

Eu preciso ter um botão de PARAR no meu braço para quando desandar a falar deste jeito.

— Mesmo assim, desculpa — continua Fabrício. — Não queria te trazer para o meio dos meus problemas.

— É só uma fase. E, mesmo nesse *"meio de problemas"*, eu já gosto da sua companhia — digo, fazendo um sinal de aspas com os dedos. Fabrício parece ficar meio sem jeito, e agradeço pelo telefone voltar a tocar. — É o Ícaro. Tenho que levar o carro para ele — explico, depois de desligar o telefone. — Você vai ficar bem sozinho?

— Sim, pode ir. Não precisa se preocupar comigo.

Penso em dizer que é impossível não me preocupar

com ele, mas pelo menos, uma vez, o meu filtro de palavras parece funcionar.

— Ok, mas se precisar de qualquer coisa, pode me ligar. — Pego o celular dele, peço que o desbloqueie e digito meu número, salvando nos contatos. Fabrício sorri novamente. — Fica bem — imploro, abraçando-o forte, e saio do quarto rumo ao Corcovado.

Alguns dias se passaram desde que fui buscar as coisas do Fabrício na casa do, agora, ex-amigo. Após o susto e o pânico inicial, ele parece estar bem. É o quinto dia dele no Corcovado e o quinto dia seguido que venho aqui, depois do trabalho, alternando meus amigos da produtora como companhia.

Giovanna e Marília estão conversando, e aproveito que Fabrício parece estar tranquilo no bar, para me aproximar.

— Com licença — digo, sorrindo para ele. — Sou novo aqui, qual drink você me recomenda?

Fabrício retribui o sorriso.

— Hum, você tem cara de quem gosta de algo, deixa eu ver, doce e cítrico, acertei?

— Como adivinhou? — pergunto, surpreso.

Será que ele já me conhece tão bem assim para saber do que eu gosto? Além dele, claro.

— Foi o que você pediu no dia em que nos encontramos aqui pela primeira vez, lembra?

— Ah! — lamento, forçando uma cara de tristeza. — Achei que estávamos nos conectando ao ponto de você já conseguir adivinhar os meus gostos.

— Acho que tempo para isso não vai faltar — responde Fabrício, com o sorriso mais lindo que já vi na vida.

Aproveito a deixa dele.

— Por falar em tempo, no dia em que você estiver livre, posso te levar ao Corcovado de verdade, o que acha? Não é justo você trabalhar aqui e ainda não ter ido ao Cristo Redentor.

Ícaro surge do nada, ao meu lado, interrompendo nossa conversa e pedindo que Fabrício pegue duas *long neck*.

— Veja só este cliente fixo — diz Ícaro, me abraçando apertado. Fabrício volta com as cervejas e Ícaro continua. — Agora, ele vem aqui todo dia, antes não era assim não, sabia, Fabrício?

Sinto meu rosto ficar corado. Não sei se Ícaro percebeu que estou interessado no Fabrício, ou se apenas está fazendo uma observação livre de maldade.

— Eu sempre vim aqui. Estou fazendo meu papel de amigo e dando suporte ao comércio local — brinco, saindo de perto do balcão. — Bom, vou voltar para a mesa das meninas para não atrapalhar vocês. — Dou uma olhada ao redor. — Está começando a encher.

— Daqui a pouco levo o drink para você — diz Fabrício.

— Não acredito que você está trocando meus drinks pelos dele! — comenta Ícaro, fazendo um sinal de negação com a cabeça e dando um sorriso malicioso.

É, não tenho dúvidas, ele sabe que estou interessado.

Estou atrasado para encontrar Giovanna e Fabrício. Como a faculdade deles é perto de onde trabalho, sempre que possível, almoçamos juntos. Mas hoje não consegui chegar na hora, pois tive uma reunião com o dono da produtora.

O restaurante está um pouco cheio, mas logo encontro os dois, ocupando uma mesa. Vou em direção a eles, que estão tão entrosados na conversa e não percebem que me aproximo.

— Cheguei levemente atrasado, me desculpem. Fiquei preso em uma reunião.

— Finalmente — diz Giovanna, como se estivesse me esperando há décadas.

— Não tem problema — diz Fabrício, se levantando para me dar um abraço, e se sentando logo em seguida. — Acabamos de chegar, também.

Um garçom se aproxima com duas latinhas de refrigerante para os dois, e me pergunta o que quero para beber, me entregando o cardápio.

— O que vocês estão conversando? — pergunto, após o garçom se afastar.

— Comprei umas prateleiras para colocar no meu quarto — responde Fabrício.

— Só que ele não tem furadeira, e não faz a mínima ideia de como pregar uma prateleira na parede — acrescenta Giovanna, rindo, antes de dar um gole em seu refrigerante.

— Ah, posso fazer isso para você! — respondo, no impulso.

Giovanna engasga e me olha com uma cara do tipo *"desde quando você sabe fazer isso?"*, mas graças a Deus, está mais ocupada tossindo, e não consegue fazer nenhum comentário. Fabrício pergunta se está tudo bem e ela faz um sinal com a mão que sim, enquanto tosse e ri ao mesmo tempo.

— Posso fazer isso no sábado pela manhã, o que acha? — ofereço, e Fabrício se empolga com a ideia. — Aproveito para levar a sua calça jeans, que ficou lá em casa desde o trote.

— É, só a calça mesmo — diz Giovanna, com a voz um pouco rouca. — Tanto a sua camisa quanto a minha blusa foram direto para o lixo. Não teve jeito de fazer a tinta sair.

— Só de ter a calça, já é lucro. Falando nisso, tenho que devolver a sua roupa que peguei emprestada — comenta Fabrício.

— Não esquenta com isso, não — respondo.

Ficamos conversando sobre amenidades, a produtora, as aulas e os professores de Fabrício e Gio. A hora passa voando e, quando vejo, já tenho que voltar para o trabalho. Eu me despeço deles, mas com o coração quentinho por saber que tenho um encontro marcado com Fabrício.

Agora, só preciso aprender a montar prateleiras o mais rápido possível. Ainda bem que o YouTube está aí para isso.

O despertador toca às nove da manhã, mas já estou de pé. A cara do meu pai quando eu pedi a furadeira foi impagável.

— É, os requisitos para conquistar alguém estão cada vez mais variados — comentou ele, me fazendo rir. — Você sabe usar isso?

— Vi um vídeo na internet ensinando, acho que não deve ser tão difícil assim.

— Não é complicado, mas de qualquer maneira, não se esqueça de levar a carteirinha do plano de saúde com você, tudo bem?

Tomo um banho escutando *Por supuesto*, da Marina Sena. *Eu já deitei no seu sorriso, só você não sabe*, ela canta, e eu canto junto, alto, para o prédio inteiro ouvir. O amor e sua capacidade de deixar a gente abobalhado.

Saio do chuveiro e, após terminar de me arrumar, envio uma mensagem para Fabrício me avisar quando puder ir. Uma notificação surge na tela do meu celular quase que imediatamente, e me arranca um sorriso.

FABRÍCIO
Pode vir, já estou te esperando. ☺

Tento não ficar mais bobo do que estou.

Vou da minha casa até a dele com a música da Marina Sena tocando no carro. Acho que tinha tempos que não via um sábado tão bonito quanto hoje. O céu, o sol, o tempo... Está tudo tão lindo, brilhante, e me sinto completamente vivo. À medida que vou me aproximando do endereço dele, meu coração acelera e tenho a sensação de que voltei a ser adolescente. Há algumas semanas, jurava que não iria me apaixonar tão cedo, e cá estou eu.

Há uma vaga em frente ao prédio onde Fabrício mora, e estaciono sem dificuldades. Pego a furadeira e a sacola com a calça jeans dele, que deixei no banco de trás, saio do carro e vou em direção à portaria.

O elevador parece levar uma eternidade para chegar ao sexto andar. Quando se abre e saio pelo corredor, vejo Fabrício me esperando na porta, com um sorriso lindo.

O corredor do prédio está tomado por um cheiro de café e pão de queijo.

— Que cheiro gostoso! — comento, dando um abraço apertado em Fabrício, e receio que pense que estou me referindo a ele.

— Você vem pregar as minhas prateleiras, o mínimo que posso fazer é te oferecer um café.

— Sério? — Entro no apartamento e vejo a mesa da sala arrumada, com uma garrafa de café e pães de queijo que, aparentemente, acabaram de sair do forno. — Não precisava — digo, estendendo a sacola com a calça jeans dele. — Sua calça. Está pronta para outro banho de tinta.

Ele agradece.

— O Ícaro está por aí? — pergunto, olhando ao redor, torcendo para ele não estar em casa.

— Não, quando acordei, ele já havia saído. — Não estendo o assunto e Fabrício volta a falar dos pães de queijo. — É industrializado, mas assei com muito carinho. — O sotaque o torna ainda mais adorável.

Tomamos o café da manhã feito por ele, enquanto conversamos.

Dentre alguns assuntos, Fabrício conta que não sabe fazer muitas coisas na cozinha.

— Meu pai não gostava que eu fizesse essas coisas que ele julgava ser de menina. Mas agora, que estou morando sozinho, quero aprender a cozinhar um pouco, para me virar. Acho legal criar pratos diferentes e servir para os amigos.

— Aceito vir experimentar as receitas que você fizer, para ver se ficaram boas — digo, não segurando as palavras.

— Vou cobrar — comenta ele, piscando um olho, e sinto como se eu fosse flutuar.

Terminamos de comer e ficamos conversando.

— Bem... A hora que quiser prender as prateleiras, avise. Não sei se você tem algum compromisso... — diz Fabrício, sem jeito.

— Não, deixei o dia livre para você — respondo, apressadamente, mais uma vez soltando as palavras sem pensar nelas com calma.

Ele sorri e conversamos mais um pouco, antes de nos levantarmos. Eu o sigo até o quarto, que agora está mais arrumado e com o cheiro dele.

— Pensei em colocar ali — explica Fabrício, apontando para a parede onde as prateleiras já estão apoiadas. — O que acha?

São duas prateleiras brancas, não muito grandes.

— Acho ótimo! Dá para colocar uma embaixo da outra, ou do lado, caso você decida comprar mais.

— Você vai precisar de tomada? — pergunta Fabrício, apontando para a furadeira.

— Não, esta é à bateria. Já está carregada.

— Posso te ajudar com alguma coisa? — oferece ele.

Indico os parafusos, que vieram com as prateleiras. Ele vai me entregando um a um e, em alguns momentos, toca minha mão ao me dar a peça. Sorrio e ele retribui, e parece que o sol invadiu o quarto. Tento me concentrar, estou segurando uma ferramenta, não posso deixar um mineiro lindo me desconcentrar.

Todo o processo não demorou mais do que uma hora. Nos vídeos, o pessoal conseguia fazer em até vinte minutos, mas para quem está começando, não fui tão ruim assim. E, além do mais, Fabrício ficou o tempo todo muito próximo a mim, observando meu trabalho, então, talvez, eu tenha demorado um pouco a mais só para mantê-lo ali, ao meu lado.

Não sei se Fabrício percebeu que era minha primeira vez fazendo qualquer coisa com uma furadeira, mas até que o tutorial de instalação de prateleiras foi bem útil. Também não sei se ele percebeu que a primeira delas ficou um pouquinho torta, mas se sim, fingiu não notar e ainda disse que ficou perfeito.

— Bom, agora é a hora da verdade — digo, virando meu olhar para ele. — Tem algum livro que a gente possa colocar aqui?

— Sim — diz Fabrício, indo até uma caixa no canto do quarto e tirando três livros de lá. — Tenho estes aqui, vai ficar um pouco vazia, mas é o começo, né?

Ele me entrega os livros e coloco um a um, devagar, com medo de a prateleira cair com o peso. Não tenho certeza se fiz tudo certo, e a última coisa que preciso é que elas caiam no chão. Meu Deus, vou morrer de vergonha se isto acontecer!

— Prontinho — respondo, aliviado ao ver que as prateleiras continuam na parede. E espero que fiquem lá.

— Nossa, Caio. Muito obrigado por tudo o que você fez por mim desde que cheguei aqui. Não sei nem como te agradecer!

Fabrício se aproxima de mim e me dá um beijo na bochecha. Fico surpreso e feliz ao mesmo tempo. Quero abraçá-lo para que ele me beije novamente, mas minha boca se move mais rápido que meus braços, como sempre.

— Bom... — Fico meio sem jeito. — Você pode me agradecer saindo para almoçar comigo, o que acha? Nada mais justo eu oferecer o almoço, afinal, você bancou o café da manhã, né?

— Você vai me deixar mal-acostumado. — Ele me encara.

— Fazer o quê, né? — digo dando de ombros. Penso em dizer: *"Fazer o que, se eu gosto da sua companhia?"*, mas acho que meu filtro de palavras finalmente começou a funcionar.

capítulo 13

> Esse encontro nosso é sorte grande
> Me faz rir de amores que exigiam demais...
> ...Tua mão tá presa na minha cintura
> E aqui o balanço é bom demais
> **Maresia - Rachel Reis**

FABRÍCIO

Nas últimas semanas, meus dias se resumiram a estudar, trabalhar ou passar o tempo com Giovanna, Caio e seus amigos. Acho que até fiquei mais tempo com Caio do que com Giovanna, embora seja ela quem estuda comigo.

Caio se tornou constante em minha vida, sempre me ajudando e motivando. Não sei o que seria de mim sem ele, e todos os outros. Mas, principalmente, sem ele. Seus conselhos, dicas ou apenas a presença ao meu lado me ajudaram muito a atravessar os dias, depois que briguei com Rodrigo. Cada vez que ele aparecia no Corcovado, minha noite ficava mais alegre. Quando não o via, o dia parecia incompleto. Eu o queria comigo, falando besteira, almoçando junto, me levando para conhecer alguns lugares do Rio de Janeiro, contando sobre sua infância, em como foi crescer em uma família aberta e amorosa.

Aos poucos, fui percebendo que Caio me fazia esquecer Rodrigo. Eu mal vi meu ex-melhor amigo na faculdade, depois do incidente do beijo, ainda bem. Como não estudamos no mesmo andar, raramente nos encontramos. E, quando isso acontece, ele passa reto, como se eu não existisse. Pelo menos, ele teve o bom senso de não contar sobre mim aos meus pais, nem aos dele. Para todos em Morro Atrás, nós dois ainda moramos juntos.

— Terra chamando Fabrício — diz Giovanna, me acordando dos pensamentos.

— Desculpa, o que você falou? — pergunto.

— Que você precisa proteger essa pele, ou vai voltar para casa igual a um camarão — comenta Ícaro, me estendendo um tubo de protetor solar.

Estamos passando a tarde de sábado na Praia de Ipanema. O sol não está forte, mas ainda assim, há muita gente pela areia. Marília, Carol e Vini estão em pé, conversando.

Giovanna ocupa uma cadeira de praia, sempre a virando na direção do sol para se bronzear. Eu sou o único que fico o tempo todo embaixo da barraca, e Caio está sentado comigo, em uma canga estendida na areia. Acho isso tão fofo que tenho vontade de sorrir. Nossos braços se encostam, às vezes, quando nos mexemos, o que causa uma eletricidade no meu corpo. Em alguns momentos, me mexo de propósito só para me encostar nele.

Pego o tubo da mão de Ícaro, que se junta a Vini e as meninas. Os quatro riem de alguma piada.

— Não precisa ficar aqui comigo, na sombra — digo a Caio, enquanto espalho protetor solar nas pernas.

— Já me bronzeei muito — responde ele.

— Quem sabe, daqui a alguns meses, eu já tenho uma pele pronta para o sol? — comento, e acho a frase a coisa mais idiota que saiu da minha boca nos últimos dias.

Caio ri. Não sei se realmente achou engraçado, mas como ele também costuma falar muita besteira quando fica nervoso, parece não se importar nos poucos momentos em que me comporto como um bobo.

— Você já está quase se passando por um carioca — comenta ele.

— Menos, Caio, menos — diz Giovanna. Ela está de olhos fechados por causa do sol, mas parece atenta a tudo.

Termino de passar o protetor nos braços, pernas, barriga e rosto e fico encarando o tubo.

— O que foi? — pergunta Caio.

— Preciso de alguém para passar protetor nas minhas costas — digo, sem graça. Isso soou como um convite?

— O Caio passa porque não vou me levantar daqui para nada — oferece Giovanna, rapidamente.

Caio estende a mão e pega o tubo. Eu o encaro e ele dá seu sorriso torto, fazendo um gesto para eu me virar de costas. Tudo parece acontecer bem devagar. Apesar do barulho ao nosso redor, consigo escutá-lo destampar o tubo e quase ouço o protetor caindo em sua mão, que encosta em mim, fazendo um choque elétrico percorrer meu corpo, ainda mais forte do que quando nossos braços se encostavam.

Ele vai passando o protetor em cada centímetro das minhas costas bem lentamente. MUITO LENTAMENTE. Fecho os olhos, aproveitando cada segundo, principalmente quando as mãos dele descem até o elástico da minha bermuda. Ele parece se demorar ainda mais ali, próximo da cintura.

— Meu Deus, arrumem um quarto — diz Ícaro, alto, quebrando o encanto. Ele se abaixou para pegar a carteira dentro da bolsa, que está ao meu lado, e pisca para mim.

Caio tira a mão das minhas costas com uma velocidade admirável, e eu me viro, com o rosto queimando de vergonha. Giovanna ri, descontroladamente, na cadeira.

— Vou dar um mergulho — diz Caio, pigarreando.

Ele se levanta e meu olhar o acompanha até o mar. A cena me lembra as propagandas que eu via quando criança na TV.

— Ele é um cara legal — comenta Ícaro, se sentando ao meu lado.

Ele fala baixo para Giovanna não escutar, mas não tenho tanta certeza de que ela não esteja ouvindo.

— Sim — respondo.

— Muito legal mesmo — completa Ícaro, novamente piscando o olho para mim.

Sinto meu rosto ficar ainda mais vermelho.

Depois de um tempo, Caio volta e vê Ícaro ao meu lado. Ele fica em pé, ao lado dos amigos da produtora. De vez em quando, eu o olho, discretamente, e comemoro por dentro todas as vezes que o pego me encarando. Caio parece ficar sem graça quando percebe que notei suas encaradas, sorri e desvia o olhar. Passamos o resto da tarde assim, até dar quatro horas. Eu e Ícaro nos levantamos para irmos embora. Precisamos chegar em casa e tomar banho antes de voltarmos a Ipanema para o trabalho.

Quando vou me despedir de Caio, ele coça a cabeça e olha para os lados.

— Hoje não vou ao Corcovado. Jantar em família — explica ele, como se me devesse alguma satisfação. — Sabe, né, família grande, e aí meus tios vão fazer um jantar, semana que vem minha prima casa, e aí todo mundo vai se reunir antes na casa deles, e aí vamos lá, e meus pais pediram para não faltar...

Caio dispara a falar apressadamente e tenho vontade de beijá-lo. Cada vez que ele faz isso, de falar rápido quando está nervoso, fica a coisa mais fofa do mundo. Eu me pergunto se ele sabe disso e faz de propósito, mas acredito que não, porque Caio sempre pede desculpas depois, por falar demais. Ou talvez a desculpa também faça parte do processo de se fazer de fofo.

— Tudo bem, você não precisa ir sempre — digo, e percebo que soou como um fora. Tento consertar, porque a última coisa que quero é que Caio se afaste de mim, e pare de me visitar no trabalho. — Gosto que vá lá, mas fico triste quando não consigo te dar atenção, ainda mais em um sábado à noite.

Ele sorri.

— Bom, eu estava pensando em darmos uma volta amanhã, o que acha? Posso te levar ao Jardim Botânico, ou vamos ao Arpoador ver o pôr do sol...

— Podemos fazer os dois? — pergunto. — Amanhã vou pegar o turno que começa às oito da noite, uma das funcionárias perguntou se alguém podia trocar com ela e eu me ofereci.

Um sorriso de orelha a orelha se abre no rosto de Caio.

Ícaro me chama e não tenho mais tempo para conversas. Aceno para Caio e o deixo ali, na praia, onde eu queria ficar.

Passamos o domingo juntos, Caio e eu. Ele foi me encontrar depois do almoço, em casa, e fomos para o Jardim Botânico. Nunca havia ido a um, e fiquei encantado com a diversidade de natureza em um único lugar. Caio me explica que gosta de ir ali de vez em quando, para pensar ou apenas andar sem rumo entre as plantas, flores, árvores. É algo que estou aprendendo com ele, a apreciar mais a natureza.

Depois, seguimos para o Arpoador, um conjunto de pedaço de praia e formação rochosa na ponta da Praia de Ipanema. Andamos pelo calçadão até chegarmos na formação rochosa, uma pequena montanha de pedras, onde as pessoas sobem para apreciar a vista. É o que fazemos. Caio vai na frente, percorrendo o caminho feito por várias pessoas, e eu o sigo. Há casais ali, grupos de amigos, famílias, todo mundo se divertindo.

Caio sobe até o topo e se senta nas pedras. Eu me sento ao lado dele. Mais próximo do que, talvez, deveria.

O cenário é belíssimo. A brisa do mar é gostosa, e preenche o ambiente, e o sol já não está forte, quase se pondo no horizonte. Estou fascinado com tudo. É uma beleza natural muito diferente da que tem em Morro Atrás.

O sol começa a se pôr e Caio se deita nas pedras.

— Você não vai ver nada — digo, olhando rapidamente para ele, atrás de mim, mas voltando meu rosto para a frente. Não quero perder um minuto do pôr do sol.

— A visão aqui está mais bonita — responde Caio, e sinto meu rosto corar. Ainda bem que estou de costas para ele.

Ficamos em silêncio e em poucos minutos o espetáculo acontece. O céu está uma mistura de amarelo, rosa, laranja, azul escuro, e a combinação de mar, areia, cidade, montanhas, o sol sumindo... Tudo é perfeito. As pessoas à minha volta começam a aplaudir o show da natureza, e meus olhos se enchem de água. É muito legal, muito mais do que imaginei. E é neste instante que acontece algo ainda melhor.

Caio coloca uma das mãos nas minhas costas, por baixo da minha camiseta. Eu sinto o calor da pele dele me tocando, e um arrepio percorre minha espinha. Continuo sentado, de frente para o mar e de costas para ele. Caio ainda está deitado e sobe a mão pela minha coluna o máximo que consegue. Ficamos assim, quietos, por vários minutos.

O céu está mais escuro, agora, e as pessoas estão indo embora. O local está bem mais vazio do que antes, e o barulho das ondas do mar se quebrando na praia e nas pedras ocupa o cenário. Ainda estamos na mesma posição quando Caio desce a mão pelas minhas costas e a coloca na minha cintura. Percebo ele se levantar e me viro, bem devagar. Ele me encara com aquele sorriso torto presunçoso de quando nos conhecemos.

É como se não existisse mais ninguém à nossa volta. Na verdade, não sei se tem alguém perto, só consigo escutar o mar e meu coração acelerado.

Caio leva a mão livre até o meu pescoço e eu coloco um braço em volta do ombro dele. E o beijo. Eu realmente o puxo para perto e o beijo, sem me importar com o que ele vai pensar, sem me importar se alguém está vendo, sem me importar com qualquer coisa. Só quero beijá-lo e ele deixa acontecer. Eu o beijo e parece tudo perfeito, tudo se encaixa, tudo é como deveria ser. Não é nada parecido com os poucos beijos que já dei. O beijo de Caio parece ter sido feito para mim.

Sua boca se desprende da minha e ele desce a cabeça, encostando a testa em meus lábios.

— Ah, meu Deus, estou ferrado — diz ele, e começa a rir, me abraçando.

Mal sabe ele que eu também estou ferrado.

Caio me beija mais e mais e mais. Eu começo a rir, me afastando, mas ele me puxa para perto, me abraçando. Encosto a cabeça no ombro dele e ficamos olhando para a escuridão do mar.

— Preciso ir para o Corcovado.
— Ah, o trabalho...

Eu me levanto e ele me segue pelo caminho de pedras até o calçadão. Quando chegamos lá, caminhamos lado a lado e ele pega a minha mão. O gesto me assusta e eu me afasto um pouco dele, puxando minha mão para perto do corpo.

— Desculpa — peço, baixinho.
— O que foi? — Ele parece confuso.
— Tem muita gente aqui — explico, parando de andar.
— Há poucos minutos, estávamos nos beijando.

— Lá em cima estava vazio — comento, e me sinto mal por isso.

No Arpoador, havia poucas pessoas, e ninguém parecia se importar com a gente. Aqui, no calçadão, há mais movimento.

— Ninguém está prestando atenção em nós. — Ele olha em volta e me encara, e me sinto um pouco mal por fazer isso com ele. — Mas podemos só andar, sem dar as mãos. Podemos fingir que não aconteceu nada, se preferir.

Ele sussurra, abaixando a cabeça, com um pouco de mágoa na voz, e me sinto pior ainda.

— Não quero fingir que não aconteceu. Eu gostei. — Caio levanta o rosto e me dá um sorriso tímido. — Queria isso há tempos.

— Há tempos?

— Sim, desde que você deixou minha prateleira torta.

— AI, MEU DEUS.

Começo a rir e ele também e voltamos a caminhar lado a lado.

— Eu não sei fazer isso — digo, com sinceridade.

— Tudo bem, vamos com calma.

— Não sei se quero ir com calma. Só preciso... me acostumar.

Andamos mais um pouco e decido me arriscar, afinal, vim para o Rio para ser eu mesmo, ser feliz, viver como eu sou. Pego em sua mão e, com o canto do olho, vejo Caio me encarar. Percebo que ele sorri e aperta nossas mãos, como quem diz que tudo vai ficar bem.

Caminhamos mais um pouco, em silêncio.

— Minha prima vai se casar no sábado. Quero que vá comigo.

— Ir com você?

O convite dele me pega de surpresa e eu paro e me viro para Caio. Uma pessoa quase esbarra em mim e fala um palavrão ao passar.

— Sim. Como meu acompanhante.

— Acompanhante? Isso é tão... — Estou sem palavras e sem reação. Como é ser acompanhante de um cara em um casamento da prima?

Caio suspira muito alto.

— Preciso mesmo falar com todas as letras? Meu Deus, vamos lá... Você vai como meu namorado. É isso. — Ele parece respirar profundamente, e quase poderia ver suas bochechas ficarem rosas, se ele não estivesse bronzeado de sol e não estivesse de noite. Eu o acho absurdamente fofo, neste momento.
— É isso. Se você quiser, claro. Ir lá, né? E ser meu namorado.

— Quero. — Encaro Caio e percebo que minha resposta não foi exatamente esclarecedora. — Quero ser seu namorado.

— Que bom. — Ele sorri para mim e franze a testa. — E não quer ir ao casamento?

— Bem... o casamento. Bem...

— Qual o problema?

— Sua família.

— E?

— O que eles vão pensar?

— Que você é louco o suficiente para aceitar ser meu namorado.

— Estou falando sério.

— Eu também. — Ele ri e leva a mão à minha bochecha, mas abaixa em seguida. — Minha família é tranquila, eles vão te amar.

— Eu nunca... Bem, nunca fui namorado de alguém. E assim... chegar em uma festa acompanhando de... — Minha frase fica no ar porque não sei como expressar tudo o que está na minha cabeça.

— Um homem?

— É, bem... Nossa, estou parecendo um bobo, né?

— Eu te entendo, mas não se preocupe. Minha família já está acostumada. — Ele me olha e começa a falar daquele jeito fofo e atrapalhado quando fica nervoso. — Ai, não, isso soou muito errado. Ficou parecendo que toda hora eu chego com alguém diferente, mas não é isso. Eles não são preconceituosos, todo mundo é tranquilo, como falei, e você vai se sentir muito à vontade entre eles. Só não me responsabilizo pelas minhas tias, ah, meu Deus, elas vão te atacar — diz ele, e não sei exatamente o que isso significa, mas meu estômago se revira em um misto de ansiedade, medo, felicidade, tudo ao mesmo tempo.

Então é isso. Agora eu moro no Rio, tenho um namorado fofo e vou a um casamento como seu acompanhante.

Sorrio ao pensar no rumo que a minha vida tomou.

capítulo 14

> Pensei numa canção, meu bem
> Que falasse de amor, então vem cá
> Me dá um beijo, que eu quero
> Teu cheiro grudado no meu edredom
> **Tua - Liniker**

CAIO

Chegamos ao Corcovado e Ícaro é a primeira pessoa que encontramos. Ele nos olha como quem pode perceber, pela nossa energia, o que acabou de acontecer.

Fabrício se adianta para o trabalho, e eu procuro uma mesa vazia. O gosto dele ainda está em minha boca, e posso sentir o calor do seu corpo junto ao meu. É como se Fabrício estivesse impresso em mim. E nunca mais quero deixar de sentir isto.

Mando uma mensagem para Giovanna, perguntando onde ela está. Preciso compartilhar com minha irmã o que aconteceu, mas tem que ser pessoalmente. Volto meu olhar para Fabrício e vejo-o sorrindo, enquanto ajeita algumas bebidas sobre o balcão. Sinto que vou transbordar, tenho vontade de subir na mesa e gritar para todo o mundo ouvir que estou apaixonado.

— Para você. — Ícaro aparece de surpresa e coloca um drink de frutas vermelhas na mesa. — Vermelho, feito a cor da paixão!

— Eu só não vou perguntar se está tão na cara, pois, literalmente, sinto que não consigo disfarçar a felicidade.

— Vocês formam um casal muito lindo! Depois quero que me conte tudo — pede Ícaro, no momento em que Giovanna chega e me abraça por trás. — Agora vou deixar vocês aqui, pois estou cheio de coisas para fazer.

— Contar tudo o quê? — pergunta Giovanna, dando um beijo em Ícaro, que sai, nos deixando a sós. Indico Fabrício, que ainda está sorrindo, atrás do balcão. — O que é que tem? Vocês ficaram? — A voz de Giovanna sai um pouco alta, e peço que fale baixo.

— Não só isso... — digo, fazendo um suspense. — Agora, ele é oficialmente seu cunhado.

— Não acredito que estão namorando! — diz ela, alternando o olhar entre Fabrício e eu. — Preciso ver vocês dois juntos, deve ser a coisa mais perfeita do mundo! — comenta Giovanna, voltando a falar alto, de forma empolgada.

— Agora chega de contar para o bar inteiro que estou namorando o mineiro mais lindo que existe.

— Como se você não quisesse que o bar inteiro soubesse. Ou o Rio todo. — Ela ri e me olha. — Meu irmão e meu amigo, que perfeito. Só espero que não passem a fazer tudo só os dois e se esqueçam de mim.

Dou uma risada e peço para ela parar de bobeira.

— Nunca vou esquecer você, seremos um trio agora — continuo, dizendo o óbvio.

— Eu sei, mas quero fazer um pouco de drama, tudo bem? Obrigada! — diz ela, me arrancando um sorriso. Gio pega o drink que Ícaro fez para mim e experimenta. — Meu Deus, que perfeição! — E dá mais um gole. — Agora me conta tudo!

— Tudo não, deixa de ser curiosa — brinco, e ela me dá um tapa de leve. Decido contar um pouco de como foi, porque sei como minha irmã adora bancar a durona, mas ama o romantismo. — Foi bem... intenso. — Faço um pequeno resumo para Gio, pois os detalhes quero guardar só para mim. — Por um momento, parecia que só existíamos nós dois ali, no Arpoador. E o beijo, foi como se já nos conhecêssemos, como se estivéssemos nos reencontrando depois de muito tempo.

— Caio — diz ela, pegando minha mão. — Sua felicidade é a minha também. E posso dizer que estou muito contente, pois consigo sentir esta felicidade daqui. — Giovanna olha por cima dos ombros, e o olhar dela e de Fabrício se cruzam. Os dois se cumprimentam com um tchauzinho, e ela volta a atenção para mim. — Eu tenho um cunhado... As chances de ser tia aumentaram novamente.

Dou uma gargalhada com o comentário. Não estava esperando por isso.

— Eu chamei o Fabrício para ir ao casamento da Vanessa comigo.

— Meu Deus, a Vanessa vai amar! Ela detestava o Matheus. Quando você chegar lá com o Fabrício, será como um presente de casamento para ela.

·∙⊙✵🜨✵⊙∙·

Trouxe Fabrício para experimentar alguns ternos do meu pai, aqui em casa, para poder ir ao casamento da minha prima. Fico sentado na beirada da minha cama, enquanto o observo se arrumar. Ele está incrivelmente atraente, e estou me controlando para manter minhas mãos longe dele. As músicas da Liniker, que coloquei para tocar ao fundo, parecem ter sido feitas exclusivamente para este momento.

— O que foi? — pergunta Fabrício, ajeitando a manga do terno sobre o pulso. — Você está rindo. Fiquei esquisito de terno, é isso? — diz ele, ficando ruborizado.

— Claro que não! — Eu me levanto e vou em direção a

ele. — Você fica lindo de qualquer jeito — digo, e ele revira os olhos. — E não estou rindo, só não consigo parar de sorrir. — O encaro e coloco minha mão em volta da sua cintura, para puxá-lo mais junto a mim. Estamos colados.

Nossos lábios se encostam enquanto sorrimos um para o outro, e o beijo vai ficando mais intenso. Subo minha mão pela nuca de Fabrício e acaricio o seu cabelo. Ele fica todo arrepiado e se afasta.

— Para — sussurra Fabrício. — Alguém pode chegar. Vou ficar muito sem graça se isso acontecer.

— Ninguém vai chegar agora — digo, puxando-o para mais perto de mim, outra vez. Com minhas mãos entrelaçadas na cintura dele, vou dando alguns passos para trás até cairmos na cama. Fabrício está por cima de mim e só consigo admirá-lo. — Sua boca é tão linda, sabia? É tão errado ela não estar junto da minha neste exato momento.

Fabrício aproxima seus lábios do meu, bem devagar. Levanto a cabeça para poder beijá-lo e ele se esquiva.

— Você é muito apressado — diz ele, estreitando os olhos e afastando a cabeça, só um pouco, para ver melhor o meu rosto.

— A vida é muito curta.

— Sei...

Ele me encara e meus olhos alternam entre os dele e sua boca, que esboça um sorriso atrevido.

Passo minha mão pela nuca dele e vou descendo, deslizando meu polegar por sua bochecha e lábios. Fabrício fecha os olhos e, quando estamos prestes a nos beijar, escuto a voz da minha mãe conversando com Juno.

Fabrício fica em pé rapidamente, e ajeita o terno em seu corpo. Eu me sento na cama, com a respiração ofegante e sem acreditar que, de todos os dias em que poderia ter chegado cedo em casa, mamãe escolheu logo hoje.

 O lugar da cerimônia de casamento é lindo. Logo na entrada, há uma alameda de palmeiras-imperiais, que nos recepciona e conduz para o espaço do evento. Olho Fabrício, que ficou muito atraente de terno, e pego em sua mão, que está gelada.

— Não precisa se preocupar. Todo mundo vai amar você! — sussurro.

— Não consigo relaxar, vou conhecer toda a sua família. E não sou uma garota, sou um garoto — comenta Fabrício.

— Ninguém aqui liga para isto — diz Giovanna, quando entramos.

 Como chegamos quase na hora da cerimônia, assistimos tudo atrás. Quando termina e as pessoas se encaminham para as mesas do salão onde vai ser a festa, vejo meus pais em uma mesa e vamos em direção a eles.

 Meu pai é o fotógrafo oficial da mamãe em todos os lugares que vão juntos, e aqui não seria diferente. Ele coloca o enfeite da mesa onde estão sentados na frente dela e, com o celular, tira algumas fotos de ângulos diferentes, deixando mamãe entre as flores do arranjo.

 Ela nos vê chegando e acena, se levantando. Fabrício parece tenso novamente, quando vê meu pai se levantar. Seguro sua mão e a aperto, mostrando que está tudo bem.

— Fabrício! — diz mamãe, eufórica, quando paramos próximos deles.

 Ela o abraça, como se o conhecesse há séculos. Sei o que ela está fazendo: tentando deixá-lo à vontade e mostrar que ela o ama. Acho que funciona porque meu namorado parece relaxar um pouco, até o momento em que papai para ao lado de mamãe.

— Então, você que é meu genro? — pergunta meu pai, estendendo a mão para Fabrício. — Um prazer conhecer você.

A semana inteira, a maior preocupação de Fabrício era o que fazer ao ser apresentado a ele. Expliquei que deveria agir da mesma forma que age com a minha mãe, ou qualquer outra pessoa, mas isto era algo que lhe parecia impossível. Meu pai é o oposto do de Fabrício, que é preconceituoso e não sabe que o filho é gay. E, se soubesse, provavelmente não o aceitaria em casa.

Por isso, Fabrício fica sem graça, com as bochechas visivelmente vermelhas, ao ser cumprimentado pelo meu pai. Sei que ele está com vergonha ao conhecê-lo, não sabe como se comportar, e eu deveria ficar com um pouco de pena, mas só consigo achá-lo ainda mais adorável.

Meu pai começa a perguntar para Fabrício sobre a faculdade, sua cidade natal, trivialidades, e logo parece que os dois se tornam melhores amigos. Estamos próximos às mesas onde estão meus familiares. Novamente, quase tenho pena de Fabrício, que é rodeado por alguns tios e primos, que o enchem de perguntas. Todos o estão tratando muito bem, e ele sabe que conhecer os parentes faz parte do pacote do namoro.

Aos poucos, percebo que Fabrício relaxa e ri com meus familiares. Vejo um primo fazendo um brinde com ele, e os dois engatam uma conversa animada. Em algum momento, meus tios o abraçam e tiram uma foto juntos.

— Não sei quem está mais bobo, você ou ele — comenta Giovanna, ao meu lado.

— Estou bobo porque estou feliz — digo, ainda olhando meu namorado enturmado com a minha família. — Acho que o pessoal gostou dele.

— E quem não gostaria? Eu sei escolher as pessoas a dedo — brinca Gio, tomando um gole de vinho.

— Acho que fui eu quem o escolheu — provoco.

— Não. Eu o trouxe para as nossas vidas, o crédito sempre será meu — rebate ela, piscando para mim e saindo para a pista de dança, onde nossas primas a chamam.

— Caio! — Escuto uma voz familiar e procuro entre as pessoas ao redor. — Aqui!

Vejo tia Terezinha acenando com as mãos e caminhando ao meu encontro. Ela é a minha tia preferida, sempre animada, embora não tenha muito filtro na língua. Talvez seja por isso que eu goste tanto dela.

— Você está tão lindo, meu filho — diz ela, apertando minhas bochechas. — Parece que foi ontem que você era menor que eu.

— Os melhores perfumes estão nos menores frascos. Por isso, você é minha tia favorita, sabia? — Pisco para ela, que envolve minha cintura com um dos braços.

— Aposto que você diz isso para todas as suas tias — comenta ela, mas sei que gostou do que falei. — Ele é uma graça — sussurra tia Terezinha, indicando Fabrício, que se despede dos meus tios e primos e se aproxima da gente.

Eu o apresento a ela, que o abraça apertado.

— Esta é a minha tia preferida — digo a ele, e vejo tia Terezinha ficar toda contente com o comentário.

Fabrício já está sorrindo e mais descontraído, sendo ele mesmo. Fico feliz em ver que a tensão se dissipou e que, agora, ele está realmente curtindo a festa.

— Ele é tão lindinho — comenta tia Terezinha, e Fabrício fica ruborizado. — Bem melhor do que aquele outro lá que te chifrou, o Matheus.

— Tia! — reclamo, e Fabrício dá uma gargalhada.

— O que é que tem? Todo mundo hoje em dia é chifrado, não é defeito algum, nem motivo de vergonha. A vergonha é de quem chifrou, ele que está errado. Mas foi ele quem perdeu, Caio, porque você é um partidão. — Ela olha Fabrício. — Você se deu bem, meu sobrinho é um rapaz para se manter ao lado para o resto da vida.

— Ok, tia, foi bom te ver — digo, puxando Fabrício pela mão e me afastando dela. Definitivamente, tia Terezinha não tem filtro na língua.

Já não bastam as besteiras que falo o tempo todo para Fabrício, quando estou nervoso, agora minha tia me faz passar mais vergonha ainda. Espero que ele pense que é algo hereditário da nossa família, assim ameniza o meu lado.

— Ela é divertida — comenta Fabrício, ao nos afastarmos um pouco dos meus parentes.

Andamos até a mesa onde mamãe está e, assim que nos sentamos, ela se levanta para cumprimentar alguém. Fico feliz porque terei meu namorado só para mim, por alguns minutos. Sei que, quando mamãe voltar, vai ficar um bom tempo de papo com Fabrício.

— E você com medo de ninguém gostar de você — digo.

— Estou surpreso mesmo. Nunca pensei que algo assim pudesse acontecer comigo, nem nos meus maiores sonhos — comenta Fabrício.

— Algo assim?

— Isso tudo. — Ele olha em volta e balança a cabeça. — Nunca pensei que teria um namorado, e que todos da família dele me aceitariam numa boa, como se fosse algo...

— Por favor, se você falar *"normal"*, juro que vou te bater.

Fabrício começa a rir. Coloco um dos braços ao redor do encosto da cadeira dele e entrelaço os dedos da minha outra mão em uma das dele, o puxando para perto. Ele encosta a cabeça no meu ombro e beijo sua testa.

— Não, não vou falar isso. É só que... Eu sonhava com isso, sabe? Em ter alguém ao meu lado, em poder estar em público com a pessoa e ninguém olhar feio. Em poder chegar a uma festa como esta... — Ele faz um gesto com a mão livre, abrangendo todo o ambiente. — E todos serem simpáticos comigo. Sua família é incrível!

— É sim. — Sorrio, mas sinto um aperto no peito no mesmo instante. Sei que ele está pensando nos pais, em Minas, e no quanto distante isso tudo é da realidade dele. — Quem sabe um dia acontecerá com todos?

— Espero que sim — sussurra ele.

Ficamos em silêncio, apenas curtindo a companhia um do outro e observando a agitação da festa. Pergunto se ele quer dançar e ele geme, me fazendo rir.

— Quero te contar sobre o Matheus — comento, e Fabrício levanta o rosto, me encarando.

— Não precisa me contar sobre ele só por causa do que sua tia falou — diz ele, com sinceridade.

— Não tem problema. Estamos juntos agora, quero compartilhar isso com você.

Ele volta a se deitar no meu ombro e aperta minha mão, como se estivesse me deixando à vontade para falar o que quiser. Eu começo pelo meu primeiro encontro com Matheus e os meus sonhos idiotas. Falo sobre as desconfianças que surgiram, e em como ele me manipulou sentimentalmente, para eu parecer o paranoico da história. Relembro o dia em que Gio descobriu sua traição e em eu o vendo ali, no restaurante, com outro cara. Sinto um aperto no peito, tem sete meses que nos separamos, mas às vezes, parece que foi ontem.

Fabrício escuta em silêncio, apenas me deixando falar, e isso faz com que eu goste ainda mais dele. Ele não me interrompe, apenas deixa que eu desabafe, e percebo que precisava disso: compartilhar com alguém importante para mim um momento triste da minha vida.

— Sei que tia Terezinha tem razão, hoje em dia todo mundo é chifrado — digo a Fabrício, quando termino de contar a história. — Mas é doloroso, mesmo assim.

— Você não esperava por isso, é normal se sentir desse jeito.

— Tem gente que acha que é drama desnecessário.

— Cada um sabe onde a dor dói mais — diz ele, encolhendo os ombros e posso apostar que fez uma careta. — Que frase idiota.

Começo a rir e ele também.

— Pelo menos não sou o único a falar besteiras neste relacionamento.

— Eu gosto das suas besteiras. — Ele levanta a cabeça e me olha, estreitando os olhos maliciosamente.

— Ah, não, se você falar das porcarias das prateleiras de novo, ou do mineiro come quieto, juro que te largo aqui — brinco.

— Não falei nada, você quem falou — encerra ele, colocando uma das mãos na minha nuca, enfiando os dedos nos meus cabelos e me puxando para perto.

Eu o beijo e percebo que Fabrício fez isso para tirar meu passado da minha cabeça.

Tem como este cara ser mais perfeito?

capítulo 15

Eu tinha tantos sonhos sobre você e eu
Finais felizes, mas agora eu sei...
...Eu era uma sonhadora antes de você vir e me deixar pra baixo...
...E nunca realmente tive chance
White Horse - Taylor Swift

FABRÍCIO

Ao terminar a última aula de quinta-feira, entro no elevador da faculdade com Giovanna ao meu lado. Pego meu celular e vejo uma mensagem que Caio me enviou.

CAIO
Consegui a tarde livre, pouco trabalho.
Indo aí agora, almoço e depois...
tarde toda + eu + você

Não consigo esconder o sorriso. Talvez seja assim que as pessoas apaixonadas se sintam, como se caminhassem nas nuvens o tempo todo.

— O que foi? — pergunta Giovanna, olhando meu celular. — Boas notícias?

— É, bem, seu irmão conseguiu uma folga no trabalho e...

— Já sei, já sei, fui dispensada. — Ela revira os olhos, mas ri. — Agora que vocês estão namorando, vou ficar sempre para escanteio.

— Nunca — comento, e a puxo para perto de mim, abraçando-a e beijando sua cabeça. Deixamos o elevador e seguimos para a saída do prédio.

— Tudo bem, eu amo o fato de vocês estarem juntos. Mas já sabe: por mais que goste de você, se fizer meu irmão sofrer, você vai se arrepender de ter cruzado o meu caminho.

— Jamais vou fazer seu irmão sofrer — digo. Paramos na calçada em frente à porta da faculdade. — Seu irmão... Ele mudou a minha vida em todos os sentidos. Ele é especial.

— É mesmo, então dê valor a isso. — Ela pisca o olho e me abraça, indo embora.

Fico parado ali, esperando Caio chegar, quando o vejo.

Rodrigo está um pouco afastado, mexendo no celular. Acho que não me viu, ou então não ficaria por ali, já que vem fugindo de mim desde que brigamos.

Crio coragem, respiro fundo e me aproximo. Precisamos conversar. Eu preciso conversar. Tenho que descobrir se ele falou algo para alguém ou o que planeja fazer. Consegui desviar das perguntas dos meus pais sobre como está sendo dividir o apartamento com ele, mas não sei até quando conseguirei manter o segredo de que não moro mais lá. Não sei quando Rodrigo pretende falar para seus pais que eu deixei o apartamento. Nem sei o que ele pretende falar.

— Oi — digo, parando em frente a ele.

Rodrigo levanta os olhos do celular e se assusta. Percebo que realmente não havia me visto. Ele olha para os lados.

— O que você quer? — pergunta ele, de forma seca.

— Conversar. Acho que precisamos conversar, né?

— Não temos nada para conversar.

— Claro que temos — digo, e tento controlar a minha voz. Não quero que ele se afaste ou fique com mais raiva de mim. — Quero resolver... — O que eu quero resolver? Não planejei o que ia falar, e agora tenho medo de que alguma palavra que saia da minha boca piore tudo. Tem como piorar tudo?

— Resolver o quê, sua bicha?

— Precisa mesmo ser agressivo? — pergunto.

— Precisava ter me beijado? — rebate ele, estreitando os olhos. — Em que momento da vida você achou que em algum minuto do meu dia eu ia querer beijar um... — Ele me olha, com desdém.

— Ok, desculpa por ter feito isso — peço, com sinceridade. Se ele achou que eu o ofendi de alguma forma, vou me desculpar. Ele pode estar sendo homofóbico, mas tem razão em ficar chateado por ter sido beijado a força por alguém. — Não devia ter feito algo que você não queria, por isso, peço desculpas por ter me precipitado e te forçado a me beijar.

Eu percebo que o desestabilizei. Rodrigo fica sem reação. Ele olha o celular, depois me olha. Olha para os lados novamente.

— Afinal, o que você quer?

— Quero tentar ter uma conversa normal com você, por tudo o que fomos.

— Nunca fomos nada. — Ele volta a ser agressivo com as palavras.

— Fomos melhores amigos por anos.

— Errado. Eu fui seu melhor amigo, você foi... sei lá o quê.

— Eu fui seu amigo. Ainda sou. — Respiro fundo porque a conversa não está saindo como eu queria. — Quero voltar a conviver com você, mesmo que pouco. Sinto falta da gente.

— Não existe *"a gente"*, nunca existiu. — Ele cospe as palavras como se eu não passasse de um verme insignificante. Talvez seja assim que ele me veja agora.

— Existiu sim, existiu a nossa amizade. Eu ainda sou o mesmo Fabrício que cresceu ao seu lado, que esteve com você em todos os momentos da sua vida.

— Não é. Aquele Fabrício nunca ia sair beijando homem por aí.

— Não ia porque tinha medo. Mas ele cresceu, e conseguiu ver que não valia a pena viver uma mentira. Ele ainda está aqui, na sua frente.

Rodrigo me olha, e sinto a mágoa em seu rosto e sua voz.

— Fico pensando nas vezes que você me abraçou, me viu trocando de roupa no quarto. Como pôde fazer isso comigo?

— Eu não fiz nada. Nunca me aproveitei de você. Sempre fui seu amigo e te respeitei.

Rodrigo me encara de cima abaixo e novamente olha para os lados, e só então percebo que ele está com medo de que alguém o veja conversando comigo.

— Eu nunca vou ser amigo de boiola.

Antes que eu possa falar algo, Caio para ao meu lado, colocando o braço em volta dos meus ombros.

— Demorei? — pergunta ele.

Eu o encaro e Caio me dá um beijo na boca. Um beijo rápido, nossos lábios apenas se encostam, mas é o suficiente para Rodrigo ficar parado nos olhando, a boca aberta, espantado, em choque. Ele leva alguns segundos para se recuperar, quando Caio o cumprimenta.

— Olá, de novo. Que bom que voltaram a ser amigos — comenta Caio, feliz.

— Que pouca-vergonha — diz Rodrigo, com desprezo, e sai rapidamente.

— Ah, Deus — comento, baixinho, levando uma das mãos ao rosto e esfregando meus olhos.

— Ah, não, acho que estraguei tudo, né? — diz Caio, se colocando na minha frente, e percebo a preocupação em seus olhos. — Desculpa. Pensei que estava tudo bem, vocês não pareciam estar brigando.

— Não, não é isso. — Sorrio e dou um beijo de leve na bochecha de Caio. — Eu queria uma coisa, mas a conversa não foi como eu esperava.

— Nunca é. — Caio olha para longe, na direção em que Rodrigo foi. — Eu sei que você sente falta dele, mas já pensou em deixá-lo ir, sair da sua vida? Ele não vai mudar nunca, eu conheço o tipo dele.

Começamos a andar e percebo que Caio não pega a minha mão. Eu deixo assim, para poder pensar um pouco. Vamos andando lado a lado para o restaurante.

— Pensei que a nossa amizade, nossa história, pudesse significar algo.

— Ele está se sentindo traído.

— Sim — comento. Fico pensando se deveria abrir o jogo para Caio. Chegamos ao restaurante, nos servimos no buffet e nos sentamos em uma mesa em um canto. Quero falar tudo, mas não ali, em público, no meio de desconhecidos. Caio merece saber a verdade. — Podemos conversar sobre isso depois? Longe das pessoas?

— Claro.

— Você se importa em irmos para a minha casa depois daqui? Não estou com clima para passear hoje.

— O que você quiser, amor — diz ele, e me encara, assustado com as palavras que saíram naturalmente da sua boca.

— Ok, então conte-me sobre o seu dia. Amor — rebato, e ele sorri para mim.

Depois do almoço, vamos para minha casa. O apartamento está silencioso, não encontro Ícaro e me lembro de que ele falara que ia ficar o dia todo fora, resolvendo alguma coisa do Corcovado.

Entro no quarto, com Caio atrás de mim. Olho a prateleira torta, agora com alguns livros que compramos juntos, e encaro Caio, indicando a parede.

— Eu fiz o meu melhor — diz ele, dando de ombros.

— Ficou charmoso — comento.

— Ficou um horror, mas tudo bem. — Ele sorri e olha para os lados. — Quer contar agora o que tem para me falar do Rodrigo?

Meu Deus, é tão óbvio assim?

Eu me sento na cama e encosto na cabeceira, e Caio se senta de frente para mim, e sinto a expectativa vindo dele. Acho que está ansioso para saber tudo o que tenho para contar. Talvez haja um pouco de receio — medo? — em sua voz. Ele fica acariciando meu joelho, enquanto eu falo.

— Eu e o Rodrigo passamos a vida toda juntos. Éramos muito unidos, não tínhamos segredos um para o outro. — Olho Caio e dou uma risada seca. — Bem, eu tinha o maior segredo do mundo, né?

— Foi o que eu disse, ele está se sentindo traído. Pensou que te conhecia e descobre que ele estava ali, o tempo todo com você, e nunca percebeu nada.

— Consigo ver o lado dele, mas queria que ele visse o meu. Sempre fomos tão amigos que pensei que isso pudesse ter algum peso. Ele... — Paro de falar porque não sei como contar exatamente o quão importante Rodrigo foi na minha vida.

— Eu imaginei. Seu primeiro amor, né?

— Está tão na cara?

— Não é difícil adivinhar. — Ele dá de ombros. — Garoto da cidade pequena, que esconde sua sexualidade e passou a vida toda com um carinha ao lado. É só juntar dois mais dois.

— Eu não gosto mais dele — comento, para que ele saiba que Rodrigo não ocupa mais meus pensamentos. — Não desse jeito. Ele foi especial, talvez ainda seja porque gostava da nossa amizade. Não ficava ao lado dele só pensando em beijá-lo, gostava da companhia dele.

— Você não precisa me explicar.

— Preciso. Não quero que você ache que estou com você passando o tempo, ou te usando para me esquecer dele.

— Não vou pensar isso — responde Caio, mas não sinto sinceridade em sua voz. Em algum momento do dia, isso passou pela cabeça dele sim.

Eu me aproximo e o puxo pelo pescoço, para que seu rosto fique bem próximo a mim. Olho fundo em seus olhos.

— Nunca te beijei pensando nele. Nunca te abracei pensando nele. Nunca fiz nada com você pensando nele. Porque você me fez esquecer da existência dele. Saiba disso. — Caio sorri e se aproxima para me beijar, mas eu o impeço. — Tem mais uma coisa que você precisa saber. — Ele se afasta um pouco e solto seu pescoço. — É sobre o dia em que o Rodrigo me expulsou de casa.

Conto para Caio tudo o que aconteceu naquela manhã. Conto do beijo de Ícaro, da bebida na minha cabeça, do beijo em Rodrigo, dele me empurrando, os xingamentos e ele indo até o banheiro lavar a boca. Conto tudo olhando para baixo, porque não tenho coragem de encará-lo. Sinto muita vergonha da minha humilhação, conforme as palavras vão saindo.

Caio levanta meu queixo com uma das mãos e coloca a outra de volta no meu joelho, dando um aperto. Eu o encaro com os olhos úmidos e o que vejo em seu rosto é compreensão e amor puro.

— Você não precisa se envergonhar.

— É fácil falar — comento. — Desculpa não ter te contado a verdade quando aconteceu. Eu me senti tão humilhado que só queria esquecer.

— Você não precisa esquecer. Precisa se perdoar por achar que agiu errado. E precisa usar esse sentimento que está dentro de você para te tornar mais forte. Porque a vida lá fora não vai ser nada fácil.

— Eu sei.

— Sabe mesmo? No momento, estamos vivendo um conto de fadas, mas a vida para nós nunca será fácil, pelo menos por enquanto. Nosso círculo social não nos olha torto, mas algumas pessoas ainda acham que somos seres abomináveis. Então sim, vamos sofrer alguns problemas pelo caminho, mas você só vai conseguir sobreviver a isso se usar tudo de ruim que vem para você para te fortalecer. Pegue o que as pessoas fazem com você e transforme em uma armadura.

Fico calado, assimilando as palavras de Caio. Ele continua me encarando e minha vontade é de pular em cima dele e beijá-lo até o fim dos tempos.

— Desculpa mais uma vez ter escondido isso de você.

— Pare de pedir desculpas. Nós não tínhamos nada quando aconteceu. Talvez eu só tenha inveja do Ícaro por ele ter te beijado antes de mim. — Ele sorri.

— Não significou nada — explico, rapidamente.

— Sei... Seu primeiro beijo em um homem foi com ele. Vai dizer que não sentiu nada?

— Ah, sim, senti. Senti vontade de beijar meu melhor amigo, e virar minha vida de cabeça para baixo, então, talvez, eu tenha que agradecer ao Ícaro — ironizo.

— Bom, se isso não tivesse acontecido, talvez a gente não estivesse aqui hoje — brinca Caio.

— Estaríamos sim, sabe por quê? Porque você é irmão da minha melhor amiga. E porque você queria me beijar desde que me perguntou se mineiro come quieto — provoco.

— Seu ridículo! — grita Caio, rindo e pulando em cima de mim. Eu seguro suas mãos e caímos, ele com as costas na cama e eu por cima, prendendo seus braços no colchão.

É engraçado porque quando estou com Caio, eu me sinto desinibido. Não, me sinto atrevido, sem vergonha de dizer o que penso. Sinto que posso ser eu mesmo com ele, que posso arriscar. E ele parece gostar quando eu arrisco.

— Vai dizer que estou mentindo? — Estreito os olhos e encaro sua boca.

— Não vou negar nem admitir nada — responde ele, tentando se livrar de mim, mas por incrível que pareça, sou um pouco mais forte que Caio. Consigo manter seu corpo embaixo do meu e deito um pouco, pressionando-o. — Ainda mais que você só começou a gostar de mim quando eu prendi suas prateleiras.

— Não posso concordar que elas estejam presas — comento, e ele tenta se soltar de novo. — Mas posso admitir que foi antes disso. Bem antes disso.

Eu o beijo com vontade e o solto. Caio envolve meu pescoço, me puxando para perto dele.

capítulo 16

Te digo mil vezes
Que o nosso amor
Ultrapassou as estrelas
E se instalou no meu coração
Decisão de te amar - Duda Beat

CAIO

Fabrício está deitado em meu peito e acaricio seu cabelo. Nossos corpos estão suados e nossa respiração, embora ofegante, está sincronizada. Ele inclina a cabeça para cima e me olha, sorrindo. Sorrio de volta. Ele beija meu pescoço e retribuo, com um beijo em sua cabeça. Quero morar neste momento.

— Eu sempre pensei em como seria, sabe? — Fabrício quebra o silêncio, deslizando seus dedos sobre meu abdômen. — Tinha medo de não saber o que fazer... De ficar atrapalhado... — diz ele, me encarando e cerrando os olhos, levemente sem graça, e seu sotaque o deixa mais adorável.

— Foi como se nossos corpos já se conhecessem. Sinto que o Universo te trouxe para mim — comento, puxando-o para mais junto de mim e cheirando seus cabelos.

— Você acredita em outras vidas? — pergunta ele, e parece se arrepender instantaneamente. — Ok, isso foi péssimo!

Começo a rir.

— Acho que é a convivência. De tanto ficar ao meu lado, você está perdendo o filtro para falar — brinco, e ele concorda com a cabeça. — Não sei se existem outras vidas, mas, se sim, quero viver todas elas ao seu lado.

Fabrício sobe por cima de mim e me dá um beijo demorado. É como se eu estivesse vivendo um sonho e não quisesse nunca mais acordar.

— Isso, definitivamente, é algo que aprendi em outra vida — provoca ele. Adoro o fato de Fabrício não ter vergonha de ser atrevido comigo, quando estamos sozinhos.

— Que bom que trouxe os aprendizados para esta vida. — completo, quando paramos de nos beijar. — Acho que consegui ser mais brega que você. — Eu o encaro e ele dispara a rir, balançando a cabeça como quem diz: *tenho que concordar*. — Mas é gostoso ser brega ao seu lado.

Se um dia fui triste no amor, não me lembro.

Chego em casa depois de um dia perfeito com Fabrício, e a sensação é a de que estou dentro de um sonho. Abro a porta do apartamento e Juno está à minha espera. Ele levanta a patinha e, quando me agacho para pegá-lo, pula em meus braços.

Só fala que gato é egoísta e não liga para o dono quem nunca teve um. Ajeito o Juno em meu colo e saio dançando com ele, que ronrona ao me escutar cantarolar *Decisão de Te Amar*, da Duda Beat. O amor é música, é poesia e eu sinto que estou, de fato, cada vez mais brega.

— Posso saber que cantoria é essa aqui, hein? — Giovanna aparece e, assim que a olho, dou uma gargalhada.

— Se a mamãe estivesse aqui, tiraria uma foto sua e postaria na internet com a legenda *"trocaram minha filha"*.

— É por isso que estou fazendo isso agora, antes que ela chegue — retruca Giovanna, apontando para a máscara descartável para limpeza de pele que está em seu rosto.

— Nossa, como ela se cuida! Está vendo isso, Juno? — Ele fecha os olhinhos e parece não se importar com o que acontece ao redor.

— Já que você e o Fabrício me abandonaram hoje, aproveitei para colocar o meu tratamento de beleza em dia — provoca ela, dando uma piscadinha para mim.

— Meu Deus, como ela é carente — digo, e ela revira os olhos.

— Agora me conta... O que vocês fizeram de bom hoje?

Sinto um sorriso enorme se abrir em meu rosto, mas permaneço em silêncio. Giovanna me encara, cerrando os olhos, como se tentasse ler os meus pensamentos. E, sendo minha irmã, não demora muito para que a ficha dela caia.

— Ai, meu Deus! — diz ela, colocando as mãos no rosto e retirando rapidamente, ao perceber a máscara de limpeza ali. — É o que eu estou pensando? — Giovanna vai do grito ao sussurro.

— Bom... — Coloco o Juno no chão, que dá um miado em forma de protesto, e viro as costas para ela, indo em direção ao meu quarto. — Eu não sei o que você está pensando — digo, fazendo um suspense.

— Caio, volta aqui agora! — Giovanna vem logo atrás. — Eu quero saber de tudo.

— Não vou te dar detalhes da minha vida sexual — reclamo, me deitando na cama.

— Seu ridículo, não estou falando disso! Credo! Ai, que horror! — Ela coloca a mão sobre os olhos, com cuidado. — Deus me livre ter essa imagem mental de você e Fabrício na minha cabeça. Ai, limpa, limpa... limpa tudo! — grita ela, gesticulando com as mãos, como se tirasse isso da cabeça, me fazendo gargalhar.

— Foi perfeito — sussurro, sentando na cama e olhando

para ela, que está em pé na minha frente. — Foi lindo. Foi gostoso... Muito gostoso!

— Caio, pode parar!

Puxo Giovanna pelo braço e ela cai ao meu lado na cama. Deitamos lado a lado e ficamos encarando o teto.

— Fazia tempos que não sentia isso, sabe? Depois, ficamos juntos, agarradinhos na cama. E quando ele estava nos meus braços, eu só podia pensar no quão sortudo sou. — Viro meu rosto para a Giovanna e ela me olha com ternura. — Estou feliz, Gio. De verdade, estou muito feliz.

— Ai — suspira Giovanna. — Quero viver isso também! Quero alguém como o Fabrício na minha vida, também.

— Então começa ajeitando as suas redes sociais. Como alguém vai dar em cima de você se você só posta foto de paisagem? Também quero ser o tio legal que os sobrinhos adoram.

— Que saco! — murmura ela, me dando um soquinho no braço. — A gente não pode nem ser reservada em paz.

Tiro meu celular do bolso para olhar todas as notificações, que ignorei quando estava com Fabrício. Vou olhando as mensagens, mas a única importante é um coração que ele me enviou. Respondo com outro. Sinto vontade de voltar para os braços dele, e ficar para sempre naquele abraço, naquela conchinha, sussurrando em seu ouvido o quanto é gostoso estarmos juntos, fazendo-o ficar todo arrepiado.

Abro o e-mail e vou dando uma olhada superficial. Há anúncios, recibos de corridas feitas no Uber... Estou quase deixando o celular de lado quando uma mensagem em inglês faz meu coração disparar. Automaticamente, minha visão fica turva e sinto uma náusea estonteante.

Encaro Giovanna, que está de olhos fechados, e volto para a tela do celular. Minha boca fica seca e tenho a sensação de que a minha pressão caiu. Eu me sento na cama e dou uma cotovelada na Gio, que dá um gemido, mas logo foca no aparelho, que estendo em sua direção.

Ela demora um pouco para ler o e-mail, que está em inglês, mas quando termina, se senta na cama, assustada.

— Meu Deus, Caio!

Meu Deus! Meu Deus! É tudo o que consigo pensar.

Encaro o celular novamente e lá está ele, o e-mail da companhia aérea. *Congratulations*! Eu passei no processo seletivo para ser comissário de bordo nos Emirados Árabes. Eu passei! Mas agora não sei mais se quero ir... Não quero ter que tomar esta decisão.

Minha respiração fica rápida e curta, e parece que me falta o ar. Se eu tivesse recebido esta resposta há algumas semanas, se não estivesse envolvido com Fabrício, este seria um dos dias mais felizes da minha vida. Um sonho. Mas sinto como se estivesse caindo de um precipício.

— Você vai negar, né? — Giovanna me encara, mas não tenho forças para balbuciar uma palavra sequer. — Você não vai, né?

— Não sei, Gio! Não sei! — É só o que consigo dizer, depois de esfregar meu rosto e cabelo freneticamente.

— E o Fabrício? — pergunta ela, e posso sentir a tristeza em sua voz. — E vocês?

E o Fabrício? E nós? As perguntas que minha irmã faz são as mesmas que ecoam em minha cabeça. Da sensação de sonho para a de estar sem chão em poucos minutos.

Eu me levanto, ando de um lado para o outro, enquanto Giovanna repete os mesmos questionamentos.

— Não sei, Gio! Não sei!

Ser comissário de bordo é o meu sonho. Voar para todos os lados. Fazer do céu o meu escritório, mas, ao mesmo tempo, quando estou ao lado de Fabrício, parece que estou sempre sonhando.

— Você vai contar para ele?

— Giovanna, por favor, me deixa pensar um pouco? — peço, irritado, e logo me arrependo. — Desculpa! Eu realmente não sei. A gente teve um dia perfeito, agora recebo este e-mail, parece que nunca vou ter paz! É o meu sonho de criança, mas também estou apaixonado... É muita coisa para pensar, eu só preciso pensar...

— Vou pegar uma água para você se acalmar — diz Giovanna, apreensiva, saindo do quarto.

Fico sozinho por alguns instantes, mas minha mente parece não funcionar. Juno entra no quarto e se esfrega na minha perna. Pego ele no colo e o abraço, cheirando seu pescoço, como se isso pudesse me acalmar.

— O que eu faço? — pergunto, baixinho.

Ele me encara e parece que sabe o que estou sentindo.

Giovanna volta para o quarto e me entrega um copo de água gelada. Dou um longo gole, mas sinto meu estômago embrulhar. Deito Juno na minha cama e me encosto na mesa de estudos, onde coloco o copo.

Como o Universo pode fazer uma coisa destas comigo?

— Você vai contar para o Fabrício?

— Preciso pensar.

— Eu não vou conseguir conversar com ele e fingir que não sei de nada!

— E eu, Giovanna? Se vai ser difícil para você, imagina como está sendo para mim?

— Você tem até quando para responder?

— Não sei — digo, desencostando da mesa e indo até a cama, pegar o celular. — Não consegui chegar nessa parte. — Desbloqueio a tela e procuro a informação no corpo do e-mail.

— E aí? — pergunta Giovanna.

— Tenho menos tempo do que eu gostaria — respondo.

capítulo 17

> E há de nascer um novo amanhã
> Pra gente acordar e dançar
> Sem medo de ser, sem medo de amar
> Sem que nada possa nos machucar
> **Pra Gente Acordar - Gilsons**

FABRÍCIO

É quarta-feira e me surpreendo ao acordar e encontrar Ícaro na sala, sentado no sofá, encarando o celular. É cedo, ele deveria estar na cama, e logo me preocupo com meu amigo.

— Oi, aconteceu algo? — pergunto, me aproximando, e ele se assusta ao me ver.

Ícaro olha para os lados, parecendo esperar que outra pessoa surja ali. Talvez esteja se perguntando se Caio dormiu comigo, já que Ícaro passou a vê-lo aqui, no apartamento, com alguma frequência, nas últimas manhãs. Sinto meu rosto corar ao pensar sobre isso.

— Ah, oi. Não, cheguei tarde e fiquei virando na cama, de um lado para o outro. A Priscila teve um problema com a família — diz ele, mostrando o celular. Priscila é uma das meninas que trabalha no Corcovado.

— Nossa, o que foi?

— Acho que a mãe dela teve um acidente, não entendi direito porque ontem estava um caos no bar, depois que terminou seu expediente. Ela precisou sair mais cedo e aí o caos se instaurou ainda mais. — Ele me encara e faz uma expressão que aprendi a conhecer: vai me pedir um favor. — Você se importa em ir para o bar depois do almoço, para ajudar na arrumação? Não conseguimos fazer isso antes de fechar tudo, ou então os funcionários não iam sair de lá ontem. Ou hoje, considerando a hora que fechamos o lugar.

— Claro, estarei lá.

— Obrigado. — Ele sorri. — Vou pagar hora extra, não se preocupe.

— Tudo bem, Ícaro, relaxa.

— Tem algum compromisso com o Caio hoje? Não quero que ele fique chateado por roubar o namorado um pouco.

— Vamos almoçar juntos, mas ele vai para o trabalho depois. — Eu o encaro e Ícaro concorda com a cabeça, como se tivesse esquecido que Caio trabalha. — E não tem medo de que eu fique chateado por você me tirar dos braços do Caio?

— Você mora comigo, é obrigado a me amar. — Ele ri e pisca. — E você pode voltar para os braços dele depois, para rolarem na cama, no chão, no sofá. — Ele olha o sofá e faz uma careta. — No sofá não, por favor. Nem na mesa. Se atenha ao seu quarto.

— Ok, vamos mudar esta conversa — peço, com vergonha. — Eu preciso te contar uma coisa.

— Não quero saber dos detalhes de vocês — implora ele, se levantando.

— Não é isso. Sei que prometi não contar a ninguém sobre o nosso beijo, mas... eu precisei contar ao Caio.

— Ai...

— Ele levou na boa.

— Levou? Levou mesmo? Porque o que eu sei do Caio é que o pior pesadelo dele é ser traído de novo. A última coisa que ele precisa é do namorado morando com um cara que o beijou.

— Nós nos entendemos, não se preocupe. Só quis jogar limpo com ele, não achei justo esconder isso. Mas você pode conversar com ele sobre o assunto, se quiser.

Ícaro fica parado, me olhando, talvez analisando se eu valho a pena uma conversa profunda com Caio.

— Você sabia que eu já fiquei com o Caio?

Eu me surpreendo com a notícia, mas quase no mesmo instante, me lembro do dia do trote, quando a Giovanna disse algo sobre ex-peguete do irmão.

O que eu penso sobre isso?

— Bem...

— Que lindo, precisa ver a sua cara! Meu Deus, nada como um gay apaixonado descobrindo que o seu companheiro de casa beijou o seu namorado, uns cinquenta anos atrás. — Ícaro começa a rir. — Não se preocupe, foi antes de ele namorar o idiota com quem ficou dois anos, eu era tão bobinho na época. Foi um dia só, vimos que não tinha nada entre a gente, tipo ele e o Vini. Foi algo de momento, que não aconteceu mais, mas serviu para consolidar nossa amizade. Ele passou a ser alguém muito especial para mim, desde então, mas não como vocês são.

— Ok, bom saber — digo, porque não sei o que falar com todas as informações que Ícaro me dá.

— Beleza, então, agora chega de compartilharmos confidências sobre ficadas e namorados porque estou muito cansado. Vou tentar dormir um pouco e a gente se vê de tarde no Corcovado.

Encontro Caio depois da aula e almoçamos juntos. Ele quase tem uma crise de riso quando sabe que Ícaro me contou sobre eles.

— Tem tanto tempo que, às vezes, me esqueço de que já beijei o Ícaro — diz ele, enquanto caminhamos rumo ao Corcovado.

— Ele falou algo do tipo.

— E você ficou com ciúmes? — provoca Caio.

— Nem posso, eu também já o beijei — respondo, e isso faz Caio rir ainda mais. — Desde que você só me beije agora, não me importo com o seu passado.

— Combinado. Desde que você só me beije agora também — comenta ele, dando um leve empurrão no meu braço.

— Como eu poderia deixar de beijar o cara que pregou a minha prateleira de forma perfeita.

— Meu Deus, você não vai esquecer isso nunca?

— Claro que não, é uma história engraçada que um dia contarei aos nossos netos — digo, e na mesma hora percebo o que falei. Olho para Caio ao meu lado, e ele fica tenso. — Acho que estou falando demais, igual a você.

Ele ri, e a tensão parece se dissipar um pouco.

— Desculpa, eu que estou com a cabeça em outro lugar.

Não falo nada, mas percebi Caio um pouco diferente nos últimos dias. Deixei quieto, para ver se ele comentava algo. Não vou pressioná-lo, se alguma coisa o incomoda, sei que, na hora certa, ele vai compartilhar comigo.

Ficamos em silêncio até chegarmos ao Corcovado. Não sei o que ele está pensando, mas sei muito bem que o que falei não me assustou. Não consigo me ver sem Caio ao meu lado, mas não vou admitir isso agora. Ainda estamos no começo do relacionamento e quero ver quanto tempo vai durar. Espero que dure até o final da vida, porque o futuro que vejo para mim é sempre com Caio junto.

— Chegamos — digo, parando em frente ao Corcovado, que ainda está vazio. Apenas dois funcionários arrumam as mesas e Ícaro está atrás do balcão.

— Chegamos. — Caio me olha, com expectativa nos olhos.

— Amores, venham aqui! — grita Ícaro, de dentro do bar, quebrando o clima entre a gente.

Caio me puxa pela mão até o balcão onde Ícaro está finalizando uma bebida nova. Não sei exatamente falar que cor ela é, um azul, verde, turquesa, lilás, tudo junto e misturado, e ele colocou uma cereja espetada em cima de um daqueles guarda-chuvas pequenos. Ficou ridículo e lindo ao mesmo tempo.

Entrego meu celular e cadernos a Ícaro, para que ele guarde no armário dos funcionários. Ele pega tudo de minhas mãos e empurra a bebida em direção a Caio, que prova, faz uma careta, depois bebe de novo, e de novo, e de novo.

— É muito boa — diz Caio.

— Posso provar? — pergunto, curioso.

— E aí? — pergunta Ícaro, com expectativa.

A bebida é estranha no primeiro gole, mas logo envolve toda a boca, preenchendo cada canto, e eu não consigo parar de beber.

— É sensacional! — respondo, com sinceridade.

— Que bom! Eu chamei de *Sonho de Uma Noite de Verão* — explica Ícaro.

— Shakespeare ficaria orgulhoso — comenta Caio. — O que tem aí dentro? — pergunta ele, tentando pegar o copo da minha mão.

— Segredo de Estado. Em breve nos melhores menus do Corcovado — responde Ícaro, saindo de perto da gente.

— Isso vai vender muito. Vê se tenta aprender a fazer porque precisamos tomar em casa — sussurra Caio.

— Deixa comigo. — Pisco para ele, que termina a bebida.

— Eu preciso ir. Nem devia beber nada, preciso voltar ao trabalho, mas isso estava muito bom — comenta ele, pegando a cereja. Antes que ele coloque na boca, eu a roubo de sua mão e enfio na minha boca. — Ei, eu ia comer! — protesta Caio.

— *Bem begar* — digo, soando estranho, por causa da cereja dentro da minha boca.

Caio dá um sorriso malicioso e me beija. Sinto sua língua tentar pegar a cereja, mas eu sou mais rápido e o impeço. Ele começa a rir, ainda com nossos lábios colados, envolvendo minha cintura com seus braços. Coloco uma das mãos em sua nuca, mantendo nossas bocas coladas e, assim que ele consegue pegar a cereja, escuto uma voz ao fundo, que reconheço no mesmo instante.

— Que indecência é essa? — grita um homem, no meio do bar.

Eu me viro e vejo meu pai, parado, a poucos metros de mim.

— Pai? — pergunto, um pouco espantado, totalmente em pânico.

— Ah, meu Deus — sussurra Caio, ao meu lado. Ele me solta na mesma hora.

— O que significa isso? Que imoralidade! — Meu pai me olha e depois analisa Caio de cima a baixo. — Foi para isso que você veio para o Rio de Janeiro? Para fazer essas... essas.... — Ele solta as palavras com um desprezo imenso, ainda analisando Caio.

— Pai, não é o que você está pensando, eu posso explicar — digo, me aproximando um pouco, mas sem coragem de chegar muito perto. Estou totalmente em pânico.

Meu pai me olha e o que vejo em seus olhos parte meu coração. Ele me encara com repulsa, nojo, raiva, todos os sentimentos ruins que já vi uma pessoa demonstrar.

— Pare de me chamar de pai. Meu filho jamais faria isso aí, ficar se agarrando com outro homem em público — diz ele, com mágoa na voz, gesticulando com a mão, e sai do bar.

Eu levo alguns segundos para reagir e o sigo até a calçada, em desespero.

— Pai, espera, vamos conversar, eu... — Meu pai não dá tempo de eu me explicar. Ele se vira com uma fúria nos olhos e coloca o indicador na minha cara.

— Você não é mais meu filho, não essa vergonha em forma de pessoa. Eu não te criei para isso, para ficar se agarrando com outro cara na rua. Meu caçula morreu e eu agora só tenho uma filha.

As palavras do meu pai me atravessam como uma lança. Eu o vejo se afastar, e o choque toma conta do meu corpo quando ele entra em um táxi. Em pé, ao lado da porta aberta, Rodrigo me encara de forma vitoriosa e com um sorriso cínico. Ele também entra no táxi e se senta no banco de trás, ao lado do meu pai. Acompanho o carro com os olhos, até ele virar a esquina.

Fico ainda parado e um imenso desespero, junto de uma tristeza nunca sentida antes, toma conta de mim. Estou destruído, mas preciso lutar para sair da minha inércia e ir atrás do meu pai. Só não desmorono no chão porque Caio me abraça e me segura.

— Ah, meu Deus, Fabrício — diz ele, ainda me abraçando.

— Preciso falar com ele — digo, me soltando de Caio.

Eu o afasto e volto para dentro do Corcovado. Vejo Ícaro atrás do balcão, me olhando. Ele não está em choque, talvez já tenha visto várias cenas parecidas, e isso ajuda a aumentar a minha tristeza. Os outros dois funcionários sumiram, e agradeço porque não queria ninguém me vendo agora.

— Aqui — diz Ícaro, assim que chego ao balcão. Ele estende meu celular, que fica guardado durante o expediente. — Pode ir, não se preocupe com o dia de hoje.

— Obrigado — agradeço, não só por ele me liberar do trabalho, mas por ter se antecipado ao que preciso fazer.

— Boa sorte, estamos todos aqui por você — diz ele.

Eu me viro e Caio está atrás de mim, e me sinto mal por ter me esquecido dele por alguns segundos.

— Eu preciso ir — digo, passando por ele e atravessando o bar.

— Vou com você. — Ele pega a minha mão, mas eu a solto. — Não vou te deixar agora, não depois do que aconteceu.

— Desculpa, não. — Tento soar firme. Se eu levá-lo até a casa do Rodrigo, meu pai vai ter um ataque. Pelo menos imagino que seja lá que ele está agora — Por mais que eu goste de você, sinto muito, mas preciso fazer isso sozinho. Não posso chegar lá acompanhado.

— Não vou te abandonar quando você mais precisa — diz Caio, e chega a ser fofa a sua preocupação, mas não posso ter ele ao meu lado. — Eu estava com você quando precisou enfrentar o Rodrigo, e posso estar com você agora também.

— Eu sei, Caio, mas eu realmente não posso te levar. Tenho que fazer isso por conta própria e, o que mais preciso, agora, é que você se afaste. Você, do meu lado, só vai me atrapalhar e piorar tudo. — As palavras não saem exatamente como eu desejava, e me sinto ainda pior, pois a última coisa que quero é magoar Caio. Mas não consigo pensar direito. — Desculpa, não foi isso o que eu quis dizer.

— Não precisa se desculpar.

Caio parece não ter se importado, mas não consigo saber se é verdade ou se quer apenas me fazer me sentir melhor. Ou menos pior.

— Não estou conseguindo pensar, não queria falar isso, não queria ser grosso com você — continuo, tentando me justificar.

— Fabrício, vai atrás do seu pai. Não se preocupe comigo, vai lá porque é isso o que importa agora — diz Caio, e não sei se está me mandando embora ou realmente preocupado que eu resolva minha situação.

— Ok. Desculpa novamente — digo, e ele sorri, de forma compreensiva.

Estou me sentindo mal por ter sido grosso com ele, mas minha cabeça está fervilhando e meu coração está destroçado.

Saio sem dar um beijo em Caio, mas não penso em mais nada no momento, apenas o deixo, ali, e vou atrás do meu passado.

capítulo 18

Palavras não bastam, não dá pra entender
E esse medo que cresce não para
É uma história que se complicou
Eu sei bem o porquê
A Noite - Tiê

CAIO

O gosto do drink que Ícaro fez ainda está na minha boca. Ele se mistura ao gosto amargo da culpa. Sim, culpa! Eu me sinto mal por estar ao lado do Fabrício e não deixá-lo a par de toda a situação. Tenho só dois dias para responder o e-mail, e não tenho ideia do que fazer.

Estou há quase uma semana pensando em como contar sobre a vaga de comissário, mas não sei como falar. Não sei nem o que falar, já que não consigo me decidir. E Fabrício não vai me ajudar, pois sei que vai me pedir para ficar. Preciso tomar uma decisão de forma racional, e não sentimental. Isto é algo que cabe apenas a mim. É o meu sonho, de mais ninguém.

Ao mesmo tempo em que imagino nós dois na sala de casa, agarradinhos vendo um filme e tomando "*Sonho de Uma Noite de Verão*", ainda cogito a possibilidade de atravessar o planeta para viver outro sonho.

Balanço a cabeça, para espantar os pensamentos e parar de pensar na palavra sonho, e entrego o copo vazio a Fabrício.

— Eu preciso ir. Nem devia beber nada, preciso voltar ao trabalho, mas isso estava muito bom. — Tiro a cereja de cima do guarda-chuva que enfeitava o drink, mas Fabrício a pega da minha mão e a põe em sua boca. — Ei, eu ia comer!

— *Bem begar* — provoca Fabrício.

Dou um sorriso, me aproximo mais e o beijo. Fico tentando pegar a cereja dele, mas Fabrício é incrivelmente habilidoso com a língua, e sempre a rouba de volta para sua boca. Começo a rir com nossos lábios ainda unidos, porque é hilário e adorável ao mesmo tempo. Envolvo sua cintura, abraçando-o e o puxando para perto de mim, e ele leva uma das mãos à minha nuca, mantendo o beijo. Finalmente, consigo roubar a cereja da boca dele, quando somos interrompidos por uma voz grossa.

— Que indecência é essa?

Fabrício afasta sua boca e posso ver o espanto em seus olhos, antes mesmo de me virar e compreender quem está no meio do bar.

— Pai? — diz ele.

— Ah, meu Deus — sussurro, soltando Fabrício e engolindo a cereja.

Os dois começam a falar coisas que não escuto. Meu ouvido parece zumbir com o que está acontecendo. Saber destes relatos é totalmente diferente de presenciá-los. Ainda mais quando quem está sofrendo é a pessoa que eu amo. Eu me sinto desnorteado e só penso na dor que meu namorado pode estar sentindo.

— Caio... — diz Ícaro, de trás do balcão, quando Fabrício deixa o bar atrás do pai.

— Sim, sim, sim — respondo, reagindo.

Vou atrás de Fabrício, que está na calçada. Consigo ver o ex-amigo dele entrar em um táxi, que sai e vira a esquina. Fabrício está parado e parece perdido. Vê-lo assim, me deixa destruído.

Ele quase cai na calçada, mas consigo segurá-lo ao abraçá-lo.

— Ah, meu Deus, Fabrício — lamento, mantendo-o junto do meu corpo.

— Preciso falar com ele — diz ele, se soltando de mim e voltando para o bar.

Ícaro estende o celular de Fabrício, que agradece. Ele se vira e parece surpreso ao me ver. Imagino que deve estar muito confuso neste momento.

— Eu preciso ir — diz ele, como se pedisse desculpas.

— Vou com você. — Pego a sua mão, mas ele a solta. — Não vou te deixar agora, não depois do que aconteceu.

— Desculpa, não. Por mais que eu goste de você, sinto muito, mas preciso fazer isso sozinho. Não posso chegar lá acompanhado.

— Não vou te abandonar quando você mais precisa. Eu estava com você quando precisou enfrentar o Rodrigo, e posso estar com você agora também.

Meu coração está apertado ao ver Fabrício desse jeito. Só consigo pensar em ficar ao seu lado enquanto ele enfrenta o pai.

— Eu sei, Caio, mas eu realmente não posso te levar. Tenho que fazer isso por conta própria e, o que mais preciso, agora, é que você se afaste. Você, do meu lado, só vai me atrapalhar e piorar tudo. — Fabrício fala de maneira firme e, talvez, um pouco rude, e percebo que se arrepende na mesma hora. — Desculpa, não foi isso o que eu quis dizer. — Ele começa a se desculpar e me sinto mal por isso.

— Não precisa se desculpar — Quero que Fabrício entenda que não estou magoado. A última coisa que ele precisa é se preocupar comigo.

— Não estou conseguindo pensar, não queria falar isso, não queria ser grosso com você — continua ele, tentando se justificar.

— Fabrício, vai atrás do seu pai. Não se preocupe comigo, vai lá porque é isso o que importa agora.

— Ok. Desculpa novamente — diz ele, e a única coisa que consigo fazer é sorrir.

Imagino como deve estar a sua cabeça, sei que ele não falou comigo por mal, mas também estou um pouco confuso, e talvez não consiga me expressar de maneira que ele entenda que não estou magoado.

Fico parado no meio do bar, vendo-o ir embora e, mais uma vez, me sinto culpado. E me lembro do beijo que dei em Fabrício na universidade, na frente do ex-amigo, e tenho certeza de que foi isso que fez o pai dele aparecer aqui, hoje. Tirei conclusões precipitadas de que, só porque os dois estavam conversando, tinham se acertado. Não devia ter chegado perto, muito menos abraçado e beijado Fabrício. Deveria ter esperado a conversa terminar e perguntar para ele como foi. Pensei que Rodrigo tinha entendido o lado de Fabrício e os dois estavam bem, mas às vezes, esqueço que as pessoas não são abertas e flexíveis, e que não deveriam se meter ou se importar com o que os outros fazem, principalmente quando a questão é homossexualidade.

Também me sinto inútil. No momento em que o meu namorado mais precisa de mim, tudo o que posso fazer para ajudar é me afastar, e deixá-lo ter a conversa mais difícil de sua vida sozinho. Meu coração se aperta.

— Não se sinta mal por ele querer ir sem você. Ele conhece o pai melhor do que ninguém — diz Ícaro, se aproximando e colocando a mão em meu ombro.

— Eu sei, não estou mal por isso. Claro, queria estar ao seu lado, mas estou me sentindo péssimo porque a culpa disso tudo é minha.

— Sua culpa? — Ícaro não entende o que estou falando. Faço um resumo para ele do que aconteceu. — Caio, a culpa não é sua.

— Claro que é. Eu não tinha que ter deduzido nada. — Sinto uma lágrima escorrer pelo meu rosto. — Meu Deus, imagina só as coisas que o Rodrigo falou quando contou ao pai do Fabrício!

Ícaro tenta me consolar e repete várias vezes que a culpa não é minha, mas é. A culpa é toda minha. Minha e de Rodrigo, que se meteu onde não foi chamado.

— Pare de se culpar. Você não tem culpa, você só precisa dar espaço a ele.

As palavras de Ícaro me trazem uma clareza sobre tudo. Fabrício está certo, neste momento, eu só irei atrapalhar. E esta é a última coisa que quero. O que quero é que ele seja feliz, e não precise passar nunca mais pelo que passou hoje. O que quero é que tudo se resolva, que a vida dele se resolva, e a minha também. E é então que percebo como tudo é tão óbvio. Eu realmente preciso me afastar e deixar que ele faça isso. No momento, eu, ao lado dele, só vou ser uma preocupação a mais. Fabrício precisa agir sem pensar em mim ou nos meus sentimentos.

Não consigo esquecer sua expressão ao perceber que foi grosso comigo. Sei que ele não quis me magoar, que falou com a cabeça cheia de preocupações por causa do que aconteceu e, no final, eu acabei virando mais uma delas. Naquele momento, tudo o que ele precisava pensar e focar era no pai, e em conversar com ele, não em mim. Mas ao invés de ir logo atrás dele, Fabrício ficou tentando se justificar comigo. Já o conheço o suficiente para apostar que está agora no táxi se culpando por isso.

Fabricio não precisa de mim falando e fazendo coisas que só pioram ainda mais sua situação, como o beijo na frente de Rodrigo.

— Preciso voltar para a produtora — digo, a Ícaro.

Ao ir para o trabalho, repasso toda a cena em minha cabeça e penso no que aconteceu nas últimas semanas. Tento me convencer de que tudo isso não vai mudar as nossas vidas, mas sei que estou me enganando.

Chego à produtora e encontro Vini e Marília trabalhando. Carol saiu para resolver algo na rua e não volta mais.

Eu me sento em frente ao meu notebook e encaro a tela. Abro meu e-mail e algumas artes, mas não consigo editar nada. Volto para a janela do e-mail e vejo a notificação sobre a vaga para os Emirados Árabes. Meu coração se aperta.

— O que aconteceu? — pergunta Vini.

Ele e Marília se aproximaram de mim sem que eu percebesse. Abaixo um pouco a tela do notebook, discretamente. Não quero que saibam do emprego, por enquanto.

— Nada.

— Você está tenso — diz Marília, colocando as mãos em meus ombros e fazendo uma massagem.

— Aconteceu algo, sua cara está muito estranha — comenta Vini, tentando olhar meu rosto, me analisando.

— Sim, seus *chakras* estão todos desalinhados — completa Marília, ainda massageando meus ombros.

Viro a minha cadeira, para ficar de frente para os dois, e conto sobre o que aconteceu há pouco no Corcovado. Vini solta um monte de palavrão, e Marília apenas balança a cabeça.

— E foi isso — termino.

— Que droga, hein, amigo? — diz Vini.

— Não sei como as coisas vão ficar agora — digo.

Marília estala os dedos.

— Só um minuto — diz ela, indo em direção à sua mesa e se sentando.

Ela abre a gaveta e retira um pacotinho embrulhado em um lenço, e eu já sei o que vai acontecer. Tento não sorrir, mas é impossível, e me sinto mal por estar sorrindo no momento em que Fabrício foi atrás do pai.

— Agora não, Marília! — pede Vini, mas ela já está estendendo o lenço na mesa e dispondo as cartas de tarô em cima.

— Vamos nos concentrar — diz ela.

Encaro Vini, que se senta em uma cadeira vazia ao meu lado.

— E aí, o que o Universo diz? — pergunta Vini.

— Pare de zoar — peço.

— Não estou zoando. Estou curioso.

Eu também estou curioso e fico olhando Marília virar várias cartas, pois quero saber o que o tarô vai me dizer.

Marília respira fundo e me olha com ternura.

— Você tem uma decisão importante a tomar. Esta decisão vai mudar radicalmente a sua vida, mas vai te fazer bem. Confie no Universo, ele vai te dar um sinal — diz ela, e começa a recolher as cartas.

— Que tipo de mensagem é esta? — pergunta Vini, confuso. — Não entendi nada.

Ele sai do meu lado e volta para sua mesa. Eu levanto a tela do meu notebook e encaro o e-mail da seleção. Vini pode não ter entendido, mas eu entendi. Espero ter entendido. AH!

— Vamos lá, Universo — digo.

— Você não pode ir para o outro lado do mundo por causa de um tarô! — reclama Giovanna.

Estamos na sala de casa e ela anda de um lado para o outro. Eu ocupo uma poltrona, com Juno no meu colo. Meu

Deus, como vou deixar meu gato aqui, sem mim? Sei que ele será bem tratado, mas sentirei muitas saudades. Ele se aninha ainda mais, esfregando a cabeça em minha barriga, parecendo sentir que vou abandoná-lo em breve.

Meus pais me encaram no sofá. Não sei o que se passa na cabeça deles, mas quando comuniquei que confirmei minha ida para o emprego nos Emirados Árabes, minha mãe colocou a mão na perna do meu pai e apertou.

— Não estou indo por causa do tarô, estou apenas contando tudo o que me aconteceu hoje — explico para minha irmã, que para na frente dos meus pais.

— Vocês não vão falar nada? — diz ela.

— Ele já tem vinte e três anos, pode decidir sozinho o que fazer da vida — responde meu pai, e minha mãe o olha.

— Papai está certo — comento, tentando mostrar a todos que minha decisão não foi tomada de última hora. — Desde que fiz o curso para ser comissário que vocês sabem que este dia podia chegar. Não são tantas as opções no Brasil, os processos seletivos podem demorar muito para abrir, até anos, dependendo de como estão as coisas na aviação. Sempre deixei claro que, se aparecesse uma oportunidade em uma empresa estrangeira, iria me candidatar. E foi o que aconteceu. Após terminar o curso, não apareceu nada aqui, mas sim em Dubai.

— Vamos ver se entendi. Você vai para os Emirados Árabes porque o pai do Fabrício viu vocês se beijando e, depois, o tarô da Marília mostrou que o seu caminho é longe daqui? — diz minha mãe, lentamente.

Escuto suas palavras e elas soam ridículas.

— Claro que não — respondo. — Estou indo porque preciso me afastar. Porque fui eu quem causou tudo isso. Preciso dar espaço para o Fabrício se acertar com a família dele. Se eu ficar, só vou atrapalhar.

— O Fabrício disse isso de forma figurativa, ele não te mandou ir embora para o exterior — diz Giovanna.

— Você sabia que este dia podia chegar, eu te falei isso desde o dia da seleção — digo.

— Eu sei, mas agora que chegou, não quero que você vá. Pensei que ia aceitar mais facilmente, mas como vou ficar longe de você? — responde Giovanna, com uma voz chorosa.

— Sua irmã sabia e você não nos contou? — pergunta meu pai, e percebo que não era bem assim que imaginei esta conversa.

Explico a eles sobre a minha decisão depois que terminei com Matheus, sobre meu sonho de ser comissário, que eles já sabiam, sobre as etapas do processo e sobre o e-mail avisando que fui aprovado.

— Não quis fazer segredo, só não tinha a certeza de que daria certo. E, agora, acho que seria bom me afastar de verdade. Preciso colocar a cabeça em ordem, e o Fabrício também. Ele mal se assumiu e começamos a namorar. Fabrício não teve tempo de pensar ou viver a vida sem fingir ser algo que ele não é, e sem alguém ao seu lado.

— Ele não precisa ficar sozinho, ele tem que ter você ajudando — diz Giovanna.

— Ele tem você e Ícaro para isso — respondo, sorrindo para minha irmã.

— Não vamos te convencer do contrário, não é mesmo? — pergunta minha mãe.

— Não — respondo, de forma sincera.

— Então, boa sorte, meu filho — diz ela, sorrindo para mim.

— Vocês falam como se ele estivesse indo para São Paulo! — Giovanna me olha e vem em minha direção, tirando Juno de cima de mim e o colocando no chão. Ele mia, reclamando, e vai para o sofá, ao lado da minha mãe.

— Seu irmão já deixou claro que não há nada que possamos falar para impedi-lo de ir — comenta meu pai, parecendo derrotado.

— A vida vai ficar sem graça sem você — diz Gio, para mim, sentando no meu colo e me abraçando.

Começo a rir e ela me dá um tapa, ainda abraçada a mim.

— Você vai me visitar e eu volto em breve.

— Volta quando? — pergunta ela, se afastando e me olhando, cheia de esperanças.

— Ele nem foi e você já o quer de volta? — brinca meu pai, e percebo que ele e minha mãe estão se segurando para não chorar.

— Eu vou ficar bem. Vai ficar tudo bem — digo, e Giovanna me abraça forte.

capítulo 19

Nenhuma lei vai nos mudar, nós temos que nos mudar
Seja qual for o Deus em que você crê, viemos do mesmo
Expulse o medo, por baixo de tudo tem o mesmo amor
Same Love - Macklemore & Ryan Lewis (feat. Mary Lambert)

FABRÍCIO

No caminho até o prédio de Rodrigo, percebo que meu telefone está cheio de mensagens e ligações não atendidas de Nina. Ela tentou me avisar sobre a vinda de meu pai, mas não conseguiu porque meu celular estava guardado no Corcovado. Uma das mensagens que enviou, há poucos minutos, deixa meu coração menos quebrado.

NINA
Papai está indo aí, desculpa, só soube agora que vim almoçar com mamãe.
Tome cuidado e saiba que sempre estarei ao seu lado, não importa o que aconteça.
Eu te amo do jeito que você é
nunca se esqueça disso

O apoio dela faz com que eu comece a chorar, e o motorista do táxi pergunta se está tudo bem. Minto que sim, mas não está tudo bem e não sei se algum dia estará.

Olho o celular novamente quando apita, na expectativa

de ser alguma mensagem de Caio, mas é Ícaro mandando um monte de coração. Eu devia mesmo ter dado um beijo em Caio antes de sair, talvez ter usado palavras melhores ao dispensá-lo, devia ter ficado mais um pouco e conversado com ele até ter certeza de que estava tudo bem, e me arrependo disso. Se estou aqui, agora, indo encontrar meu pai, é porque os dias ao lado de Caio me tornaram a pessoa corajosa que sou hoje. Se ele não tivesse me mostrado que posso ser feliz sendo eu mesmo, encarando os problemas de frente, agora eu estaria trancado no quarto, chorando, sem saber que rumo dar à minha vida, morrendo de medo do que pode acontecer. Bem, estou morrendo de medo, mas pensar em Caio me dá forças para confrontar o que está por vir.

Começo a digitar algo para ele, mas chego ao prédio de Rodrigo e desisto.

Desço do táxi e o medo toma conta de mim. E se meu pai não estiver aqui? E se Rodrigo não me deixar subir?

Crio coragem e me aproximo do portão de entrada. Não vejo o porteiro e interfono direto para o apartamento.

— O que é? — pergunta uma voz, que reconheço ser Rodrigo.

Respiro fundo.

— Sou eu.

O interfone fica mudo por um longo tempo, e começo a pensar se ele não vai me deixar subir, quando o portão se abre. Respiro fundo de novo e entro.

Chego ao andar de Rodrigo e encontro a porta encostada. Fico feliz em ele não ter me feito esperar no corredor. Empurro devagar e o encontro na sala, sentado no sofá de frente para a porta, com o tornozelo direito apoiado em cima do joelho esquerdo e os braços ao longo do encosto. Ele sorri e isso me dá raiva. MUITA RAIVA.

— Ora, ora, olha só quem está aqui.

— Como você descobriu onde eu estava? — pergunto, em um sussurro, ao fechar a porta, e me recrimino, porque não quero que ele pense que estou com medo, embora é o que sinto a cada passo que dou para dentro do apartamento.

— Não é difícil descobrir as coisas na faculdade, ainda mais ela sendo ao lado do bar. — Ele dá de ombros, o que fica estranho por causa da posição que seus braços estão. Acho que ele percebe, porque se ajeita no sofá, mas volta a ostentar a pose de dono da situação.

— Não acredito que você fez isso comigo — comento, não escondendo a mágoa.

— Você é quem fez isso com você mesmo — diz ele.

Seu olhar arrogante me irrita. MUITO. Mas não vou dar a ele o gostinho de me fazer perder a paciência.

— Não vim aqui falar com você — comento, passando por ele.

— E, ainda assim, a casa é minha e estou permitindo que você entre aqui — rebate ele, e a minha vontade é de esmurrar sua cara de presunçoso.

Eu paro e me controlo, respiro fundo novamente. Não posso perder o foco, estou aqui para conversar com meu pai, brigar com Rodrigo só vai piorar tudo.

— Posso conversar com ele? — pergunto, e soa como uma súplica, o que me deixa mais irritado.

Rodrigo apenas indica meu antigo quarto com a mão, e continua me olhando com aquele sorriso idiota no rosto.

Caminho devagar, sem saber o que vou falar. Vim no caminho pensando em como melhorar a situação, e a única solução que encontrei é falar a verdade. É o que Caio faria, e tento ser confiante e corajoso como ele.

Abro a porta do quarto devagar e vejo meu pai sentado na cama, com as mãos no rosto. Meu coração se parte ao vê-lo assim, e a raiva por Rodrigo colocá-lo nesta situação volta a me dominar.

O movimento da porta o assusta, e ele levanta o rosto, me encarando. Parece surpreso por eu estar ali.

— O que você quer? — diz ele, com desprezo.

— Precisamos conversar, pai.

— Pare de me chamar de pai.

Respiro fundo, novamente, me perguntando quantas vezes farei isso hoje. Decido não argumentar, vou no tempo dele.

— Ok — comento, e entro do quarto, fechando a porta. Fico imaginando se Rodrigo vai se levantar e vir aqui tentar escutar a conversa. — Não é o que você está pensando.

— Não é? Então o que é? Vai me dizer que estou velho e não estou enxergando direito, e não te vi de sem-vergonhice naquele antro de perdição com um homem? Ou vai falar que não vi direito e que era uma mulher que você estava... estava...

Ele não termina a frase e eu me aproximo. Fico tentado a me sentar ao seu lado, mas não sei como ele vai reagir, então me encosto no armário que tem ao lado da cama. Estamos perto, mas não muito próximos.

— Não — digo, e isso parece surpreendê-lo. — Não vou mentir para você. Não era assim que você devia descobrir, mas... — Respiro fundo mais uma vez, e isso já deveria ter me acalmado, mas não funciona. Acho que posso inspirar umas mil vezes profundamente que não ficarei calmo. — Aquele antro é onde trabalho. Estou ganhando a vida de forma honesta e o Corcovado é um lugar legal. Não é antro nem nada, o máximo de coisas erradas que acontecem por ali é alguém exceder na bebida. — Decido começar a falar do bar, para dar tempo dos meus pensamentos se organizarem.

— E homem se beijar. Belo ambiente — comenta ele.

— Bem, sim. Mas não do jeito que você está colocando. Aquele era o meu namorado — digo, com convicção, e minhas palavras o chocam.

— Namorado? Namorado! Onde já se viu, você, um homem, ter um namorado? Eu não te criei para isso, te criei para você arrumar uma boa esposa e ter uma família descente.

— E qual o problema de eu ter uma família com ele? — pergunto, com calma, porque não quero uma briga.

— Uma família com um homem? Isso não é normal, não é natural! — Meu pai se exalta e balança a cabeça. — É isso que dá, você livre por aí. Fica andando com más companhias, ao invés de ter ficado aqui com o Rodrigo, um garoto bom que ia te manter na linha, e não ir morar não sei onde e não sei com quem.

Dou uma risada seca que assusta meu pai. Tento me controlar, porque não posso deixar que a nossa conversa se transforme em uma discussão.

— Eu saí daqui porque ele me expulsou — respondo, indicando a sala onde Rodrigo está. — Este garoto bom me colocou para fora daqui, sem nem se preocupar se eu ia ter onde passar a noite. Estou dividindo o apartamento com outro cara sim, mas somos só amigos.

— Só amigos, só amigos. — Meu pai continua balançando a cabeça. — Imagino as coisas que esses amigos seus fazem em casa, quando não tem ninguém olhando.

— Não fazem nada, droga! Eu não estou na promiscuidade, transando com todo mundo! — grito, me exaltando, e sinto que estou perdendo o foco. Meu pai me olha, surpreendido pelas minhas palavras. — Estou dividindo o apartamento com um cara decente, que me ajudou quando mais precisei, quando esse daí — digo, apontando, mais uma vez, em direção à sala — me expulsou daqui. Estou levando a faculdade a sério, trabalhando em um bar para me manter nesta cidade e, sim, namorando um homem. E eu o amo, pai, eu o amo muito.

— Não quero ouvir isso!

Meu pai leva as mãos às orelhas e eu me espanto com o que falei. Precisei desta confusão toda para perceber o quanto amo Caio, mas não posso deixá-lo tomar conta dos meus pensamentos, não agora. Neste momento, preciso que meu pai perceba que não há nada de errado comigo.

— Não há nada de errado comigo — cito meu pensamento, me abaixando em frente a ele, que evita meu olhar. — Eu gosto de meninos desde que nasci, e isso é algo normal e natural.

— Não é, não é normal — comenta ele, baixinho.

— Se não é normal, então por que nasci assim?

Meu pai não responde de imediato. Sei que ele não esperava ouvir o que estou falando, acho que nem eu esperava. Mas preciso colocar para fora e mostrar a ele que eu sou o mesmo Fabrício que ele viu crescer.

— Nós podemos te consertar. Deve ter algum médico para isso — diz ele, depois de um tempo, e suas palavras me abalam.

— Consertar? Que droga, eu não tenho que ser consertado, não há nada de errado comigo, já disse isso! — Eu me levanto e passo uma das mãos pelo cabelo. — Estou feliz, pai, pela primeira vez em muito tempo, estou feliz. E é isso que importa, não? Que o seu filho seja feliz, tenha uma vida boa, com alguém que ele ama e o ama ao seu lado, sem importar o sexo da pessoa.

— Deve ter uma forma de consertar isso, de fazer você voltar a ser normal — repete ele, parecendo não me ouvir.

Eu me abaixo, novamente, e o encaro, e as próximas palavras saem da minha boca muito lentamente.

— Eu não preciso ser consertado. Eu sou normal. Eu estou feliz.

Meu pai me encara por alguns segundos e dá um tapa no meu rosto. Um tapa muito forte, que me pega de surpresa e me faz cair no chão.

— Sai da minha frente — diz ele.

Estou ainda mais chocado do que antes, e sem reação. Apenas me levanto, segurando as lágrimas, e saio do quarto, deixando ele ali.

Chego na sala e vejo Rodrigo, ainda sentado no sofá e mantendo o sorriso no rosto.

— A conversa foi boa — comenta ele.

— Por que não estou surpreso por você ter ficado ouvindo? — digo, indo em direção à porta. Não aguento mais permanecer no mesmo ambiente que ele.

— Não tinha nem como não ouvir, vocês estavam berrando — responde ele, e sua voz carrega uma ousadia que faz meu sangue ferver. Toco a maçaneta da porta, contando até dez para não respondê-lo. — Que decepção você é para o seu pai.

As palavras dele funcionam como uma gota em um balde já prestes a transbordar. Eu me viro, e tenho a certeza de que estou transtornado quando percebo o espanto no rosto de Rodrigo. Conforme avanço em sua direção, ele se levanta e vai para trás do sofá, assustado.

— Você não tinha o direito! — digo, talvez alto demais, com o dedo na cara dele. — Você é uma pessoa desprezível, que está aí vibrando com a minha dor.

— Ei, calma — diz Rodrigo, levantando as mãos e recuando um pouco mais. A cena poderia ser engraçada, se eu não estivesse tão alterado. Nunca o vi assim, com medo de alguém.

— O que você fez... — Eu balanço a cabeça, me afastando dele. — Não era seu direito. Era meu. Eu devia ter contado a ele, na hora certa. Não do jeito que você fez.

— Eu fiz isso para o seu bem — responde Rodrigo.

— Meu bem? MEU BEM? — grito. — Se você estivesse pensando em mim, teria me procurado para conversar. Teria entendido o meu lado.

— Eu fiz isso para te ajudar. Você não percebe isso, mas quando cair em si, vai ver que não tem futuro nessa vida aí, e vai me agradecer.

— Agradecer? O que o fato de eu gostar de um homem te afeta?

— Você não pode estar falando sério!

— Claro que estou! Eu ainda sou o mesmo Fabrício que você conheceu. A diferença é que tenho um namorado e estou feliz.

— Você mudou.

— Claro que mudei! Consegui ser eu mesmo pela primeira vez. — Eu me aproximo ainda mais, deixando apenas o sofá entre a gente. — Você fez o que fez só porque é um homem que está ao meu lado. Você não pensou em mim em momento algum, só pensou nos seus preconceitos.

— Eu pensei sim. E você vai ver que estou certo.

Ignoro suas palavras.

— Aquele dia você disse que eu não fui seu amigo, você quem foi. Mas é o contrário, eu sempre fui seu amigo, e você não. Se você fosse meu amigo de verdade, se colocaria no meu lugar.

— Eu nunca estaria no seu lugar.

— Está vendo? Você é tão homofóbico que não consegue nem entender o que eu estou falando, não consegue ter o mínimo de empatia pelo que aconteceu hoje.

— Eu, eu... — Ele tenta falar, mas não dou tempo. Despejo tudo que está dentro de mim.

— Quando mais precisei, você não me ajudou. Pessoas que acabei de conhecer me ajudaram mais do que você, que cresceu ao meu lado e me expulsou daqui sem importar se eu tinha onde passar a noite. Em momento algum se preocupou comigo. Se tivesse sido meu amigo, você teria me apoiado, sem se importar quem está comigo.

— Mas você não pode namorar um homem!

— Por que não?

Ele não responde. Não há resposta para a minha pergunta, Rodrigo sabe disso.

— Você acha que está feliz, mas não tem como ser feliz assim.

— Por que não? — Novamente, repito a minha pergunta e, novamente, ele não tem uma resposta. — Você está aí me julgando gratuitamente, mas deixou a Sabrina em Morro Atrás, sem terminar com ela. Mal chegou ao Rio e começou a trai-la, sem se importar com os sentimentos dela. Eu quero que você me explique porque ser feliz ao lado de um homem é errado, mas trair a namorada é certo.

Mais uma vez, Rodrigo não consegue encontrar uma resposta para a minha pergunta.

— Eu sou homem e isso é normal — retruca ele, depois de um tempo.

A minha reação não é a que ele esperava. Eu começo a rir, o que faz Rodrigo ficar ainda mais assustado.

— Como eu pude ser apaixonado por você durante anos? — comento, o olhando com desprezo, e vejo surpresa em seu rosto. — Você é uma das pessoas mais medíocres que já conheci, não consigo acreditar que um dia sonhei em viver ao seu lado. Como que não consegui perceber, durante estes anos todos, a pessoa desprezível que você é?

— Hã? — Rodrigo está confuso.

— Pois é. Durante anos, você foi o amor da minha vida. Agora, não passa de uma pessoa com a qual não quero mais conviver. Talvez você me tenha feito um favor, talvez não, mas pode ter a certeza de que você não vale nem a sujeira do tênis do Caio — respondo.

— Agora chega! — diz meu pai, horrorizado. Não percebi o momento em que ele chegou na sala. — Acho que está na hora de você ir.

Concordo com a cabeça. Não quero mais ficar aqui, embora ainda precise resolver as coisas com meu pai. Mas não hoje.

Estou indo para casa e checo o celular, mas não há nada de Caio. Fico apreensivo, com medo que esteja chateado por eu ter sido um pouco grosseiro com ele, mais cedo.

Envio uma mensagem, pedindo que vá me encontrar, quando puder. Vejo notificações de Ícaro, Giovanna e minha irmã, mas não estou com cabeça para responder ninguém. A única pessoa que preciso, agora, é Caio, e fico mais calmo quando meu celular apita, poucos segundos depois que enviei minha mensagem.

CAIO
Estou indo agora

Chego em casa e olho tudo, e parece que estou fora do meu corpo, vendo uma cena triste de cima, como um expectador frustrado. Vou até o quarto, depois volto para a sala. Sirvo um copo de água e tomo de uma vez. Olho novamente para todo o ambiente e pego meu celular.

FABRÍCIO
Obrigado pelo apoio
Conversei com papai
Não saiu exatamente como planejei
Estou bem, conversamos mais tarde
Te amo muito

Clico em enviar e torço para que minhas palavras deixem minha irmã mais calma.

Eu me sento no sofá e espero por Caio. Ele não demora muito a chegar e, ao abrir a porta e vê-lo na minha frente, sinto que tudo vai ficar bem.

capítulo 20

Meu amor
Já faz um tempo que eu queria te dizer
Meu coração só tem batido por você
E essa distância vai me deixar louco
Verdadeiro Amor - Romero Ferro

CAIO

Assim que recebo a mensagem de Fabrício, saio de casa. Fiquei apreensivo desde que terminei de conversar com a minha família, sem notícias dele e, agora estou mais calmo. Ou não. Não sei o que aconteceu, mas sei o que vai acontecer, e não é nada bom.

Ao chegar ao seu apartamento, percebo que a minha mão está tremendo antes de tocar a campainha. Nossa vida vai mudar no momento em que eu entrar, e o fato de ele estar destruído só confirma isso.

Fabrício abre a porta e me abraça forte e começa a chorar compulsivamente. Fecho a porta atrás de mim e o levo para o sofá, abraçando-o, e ele chora ainda mais no meu ombro. Deslizo a mão esquerda pelas suas costas, tentando confortá-lo, e acaricio seus cabelos. Ficamos assim, abraçados, por um tempo, até ele esgotar as lágrimas. Meu coração está minúsculo dentro do peito. Quero saber sobre a conversa com o pai, mas não vou pressioná-lo, porque é óbvio que não foi nada bem.

Depois de um longo tempo, ele se levanta e vai até o banheiro, lavar o rosto. Eu o sigo.

— Desculpa — diz, sem graça.

— Você não tem que me pedir desculpas por nada.

— Tenho sim. Aquela cena que meu pai fez no bar... — diz ele, enxugando o rosto. — E as minhas palavras para você.

Aí está, a culpa por ter sido grosseiro comigo. Eu me sinto ainda pior por causa do que tenho para lhe falar, e decido que não posso continuar em silêncio. Pego sua mão e o levo para o quarto, mas assim que chegamos lá, Fabrício me beija com força e fúria, e me joga na cama.

Não posso desmoronar, preciso manter o controle da situação, então eu me levanto e o impeço de seguir adiante.

— Precisamos conversar — digo, e sinto o olhar dele vacilar.

Ele parece saber o que vou dizer, porque é claro que nada bom vem antecedido por esta frase.

Fabrício se senta e me observa, enquanto alterno o olhar entre o chão, o teto e ele.

— Ah, meu Deus, você vai terminar comigo — comenta ele, arregalando os olhos.

— Não — respondo, balançando a cabeça. — Calma, precisamos conversar, mas com calma, porque eu tomei algumas decisões e não quero brigar.

Ele se levanta e inspira profundamente. Sinto que minhas palavras só o deixaram mais nervoso.

— Não acredito que você vai terminar comigo! Foi por causa do escândalo do meu pai? Desculpa, Caio, nunca imaginei que isso pudesse acontecer. — Ele segura as minhas mãos, em pânico. — Ou foi por causa do que eu disse? Mil desculpas, não quis ser grosso com você, eu estava nervoso, e não sabia o que fazer e...

Eu o interrompo, apertando suas mãos, e o faço se sentar na cama, comigo em frente a ele. Preciso explicar o que tenho para dizer, mas é tão difícil encontrar as palavras certas. Não quero machucá-lo, embora saiba que isto é impossível.

— Não é isso. Eu gosto muito de você — digo. — E minha vida virou de cabeça para baixo desde que te conheci. Não planejava me envolver com ninguém tão cedo, depois do meu último relacionamento. O que aconteceu me machucou, muito, e eu havia decidido que ia focar na minha vida profissional, e dar um tempo de namoros. Estava só curtindo a vida e aí... — Faço um gesto, indicando ele. — Você apareceu como um furacão e roubou meu coração.

Começo a rir porque, até agora, quando estou nervoso e triste, ainda consigo ser brega, e ele me acompanha.

— Mas? — pergunta ele.

Fabrício sabe que vem um *"mas"* depois disso tudo que falei.

— Antes de te conhecer, eu havia me candidatado a uma vaga de emprego. É o trabalho dos meus sonhos, e estava muito empolgado com isso. E aí, te conheci, e a gente começou a namorar, e eu me apaixonei por você, não necessariamente nesta mesma ordem, ou talvez tudo junto. — Eu o encaro e sorrio com o canto da boca, como um bobo apaixonado. Volto a ficar sério, e crio coragem para falar o que vim dizer. — E aí, eu passei na vaga do emprego.

— Isso é maravilhoso! — responde Fabrício, me devolvendo o sorriso.

— É nos Emirados Árabes.

Ele me encara, franzindo a testa, e demora alguns segundos para reagir ao que falei.

— Emirados Árabes? Você quer dizer, outro país, há quilômetros de distância, longe daqui? — pergunta, atordoado, entendendo o que significa.

— Sim — respondo, com tristeza.

— E você aceitou — sussurra ele.

Não é uma pergunta, ele percebeu que vou me mudar do Brasil.

Seguro as lágrimas, porque a dor que vejo em seu rosto parte meu coração ao meio. Estou magoando alguém que amo muito, que é importante para mim. Estou aqui, dizendo a ele que o abandonarei agora, que o deixarei aqui, na confusão em que está a sua vida.

Pressiono as mãos dele entre as minhas, e ele pisca várias vezes, também segurando as lágrimas.

— Estava na dúvida, por sua causa. Não quero te perder, mas também não quero desperdiçar esta chance de ir para lá — explico.

— É o emprego dos seus sonhos — comenta ele, tentando mostrar que entende o meu lado, e isso só me deixa pior. Começo a chorar.

Ele também está chorando e levo meus dedos ao seu rosto, enxugando as lágrimas que descem pela sua bochecha.

— Tem uns dias que recebi a resposta, e fiquei me consumindo pela dúvida sobre o que fazer. E aí, hoje, aconteceu isso tudo e, quando voltei para a produtora, aceitei o emprego.

Ele me encara.

— Você aceitou hoje, depois do que aconteceu?

— Sim. Desculpa, sei que podia ter conversado com você antes de aceitar, mas eu sabia que, se viesse aqui e falasse com você, jamais aceitaria.

Ele parece entender as minhas palavras.

— Ah — responde, se levantando, mas ficando parado no lugar. — Então, a minha confusão te ajudou a decidir.

— Não, Fabrício, não é isso. — Eu o puxo para baixo, fazendo-o se sentar na cama novamente. Preciso fazer com que ele entenda o motivo que me fez tomar esta decisão. — Não foi o que quis dizer. Meu Deus, calma, não estou conseguindo me expressar, estou muito nervoso, e triste, e meu coração não para de se quebrar dentro do peito. Essa é a coisa mais difícil que já fiz na vida, pode ter certeza.

Eu me aproximo dele e dou um beijo de leve em seus lábios. Quando me afasto, ainda consigo sentir o calor dele próximo a mim.

— Ok, estou tentando entender o que aconteceu. Porque pensei que teria você comigo, agora, quando preciso de você.

— Eu sempre estarei com você. Mas quando aconteceu tudo mais cedo, percebi que você está com muita coisa na cabeça. Por mais que me doa te deixar, sinto que é o certo. Você tem que se preocupar com a sua família, em resolver a sua vida, essa confusão toda. Eu, ao seu lado, só vou te atrapalhar.

— Você nunca atrapalha.

— Atrapalho. Hoje, você estava atordoado por causa do seu pai e ainda teve que ficar ali, tendo que lidar comigo ao seu lado. Não quero isso, não posso ser mais um peso em cima de você, neste momento. Agora, o que você precisa, é de espaço para lidar com tudo o que está acontecendo.

— Não posso ficar sem você.

— Pode. E você não estará sozinho, você tem a Gio e o Ícaro. — Respiro fundo, ainda chorando. — Você precisa pensar de forma racional. Você acabou de se assumir e já entrou em um relacionamento, por isso não está conseguindo raciocinar. Eu, aqui, do seu lado, não vou te ajudar a pensar com clareza. Você ainda é novo e não viveu nada sozinho em sua vida nova.

— Mas você é a minha vida — diz ele. — Desculpa, não quero atrapalhar seus sonhos. E não devia ter te pedido para se afastar.

— Não foi isso, mas foi isso — Balanço a cabeça. — Meu Deus, entenda. Eu não estou indo embora por causa do que você falou. Estou indo porque percebi que você precisa de espaço para resolver toda esta situação. Você só vai conseguir se entender com a sua família se tiver espaço para isso. Eu não posso ser mais uma preocupação na sua cabeça. Ou vai me dizer que você não entrou no táxi e ficou se culpando pelo jeito que falou comigo? — pergunto, e ele fica calado, porque sabe que tenho razão. — Você vai ver, vai ser bom para nós dois, este tempo longe.

— Não — responde Fabrício, sem convicção. — Você devia ter falado comigo antes.

— Se eu falasse, não ia aceitar a vaga. Quando saí do Corcovado, já tinha praticamente certeza do que fazer. Fui para a produtora e pensei bastante, e a Marília ficava falando que o Universo me daria um sinal, e o tarô dela disse que ia acontecer uma mudança grande na minha vida, e o e-mail do processo seletivo estava aberto, e, para todos os lados que olhava, havia algo relacionado ao trabalho, refrigerante, pacote de amendoim. Entendi isto como um sinal.

Estou falando com pressa, e sei que estou confundindo a cabeça dele. Tento ser claro, mas não consigo fazer isso quando estou nervoso e com o coração em pedaços.

— Você vai para longe porque o tarô disse que sua vida vai mudar? Mas eu sou uma mudança na sua vida!

— Ah, sim, não, isso soou estranho, minha família também entendeu errado. —Será que não consigo elaborar uma frase direito? Respiro fundo porque não estou fazendo-o entender o que aconteceu mais cedo. — Eu estava lá, na produtora, com a cabeça a mil, implorando à vida, ao Universo, por um sinal, e aí a Marília decidiu ler o tarô. Mas quando ela começou a embaralhar as cartas, eu já sabia qual seria a minha decisão. Pensei muito na gente, no que temos, e eu gosto de você, muito mesmo, de doer o coração, mas você ainda é novo, eu também. E você acabou de chegar aqui no Rio, de se assumir. Sua vida está só começando, porque é como se você tivesse nascido de novo. Tem todo um mundo de coisas para você descobrir, e acho que vai fazer bem eu me afastar, porque nós dois precisamos organizar nossos sentimentos.

Fabrício balança a cabeça, parecendo entender o que eu disse. Ele fica em silêncio por um tempo, e as próximas palavras que saem da sua boca fazem meu coração se espatifar em um milhão de pedaços.

— Eu te amo.

FABRÍCIO

As palavras estavam dentro de mim desde que as falei para meu pai, e Caio precisa ouvir. Sei que não é justo jogar assim, em cima dele, essa verdade, mas ele precisa saber, antes de se mudar, o quanto é importante para mim.

— Ah, não. — Ele abaixa a cabeça e a coloca entre as mãos, e eu acaricio seus cabelos. — Por favor, não torne mais difícil a minha partida.

Estou em pânico ao pensar que ele vai me abandonar aqui, mas não quero que Caio desista dos seus planos por mim. Quero que ele seja feliz, que realize seus sonhos e jamais seja uma pessoa frustrada por minha causa. E me surpreendo ao pensar assim porque, internamente, estou gritando para ele ficar.

— Estou sendo sincero. Não estou falando isso para você desistir de ir, jamais quero que deixe de seguir seus sonhos por minha causa.

— Eu sei. — Ele levanta a cabeça e sorri para mim, com o rosto molhado pelas lágrimas. — Eu te amo mais.

— Então...

Eu ia pedir que ele não fosse, mas não é justo. Ele está aqui, quase implorando que eu entenda o lado dele. E eu entendo, por mais que sinta raiva de mim mesmo por isto, entendo o lado dele. Caio precisa ir atrás da felicidade dele, do sonho dele, e eu estava no caminho. Até meu pai chegar e fazer o favor de bagunçar tudo. Ou resolver tudo.

Tento me colocar em seu lugar, imagino o quanto difícil foi tomar a decisão de ir embora.

— Daqui um tempo, você vai ver que a minha decisão foi certa — sussurra ele.

Não tenho certeza, mas não quero mais falar disso. Decido mudar de assunto. Caio já escolheu seu caminho, não vou pedir que fique. Ele está certo, droga, eu sei que está. Ele precisa ir embora, e eu preciso me entender com a minha família. E, mais importante, ele precisa realizar o seu sonho.

— Eu falei para o meu pai que te amo.

Caio me encara, espantado.

— E ele?

— Ah, ele ficou radiante, disse que está doido para conhecer o genro, e que mal pode esperar para contar para Morro Atrás inteira o quanto o namorado do filho é incrível — debocho, e Caio me dá um soquinho de leve no peito.

— Você é tão ridículo! — Ele sorri de forma triste para mim. — Você quer me contar como foi?

— Hoje não. — Balanço a cabeça. — Ainda estou magoado com as palavras do meu pai, com tudo mal resolvido, mas hoje não quero relembrar a conversa que tive com ele.

— Estou aqui, sempre estarei.

— Você já disse isso, e disse também que está prestes a me abandonar para ir para o exterior, arrumar um gringo lindo para você.

— Isso eu não vou fazer. — Ele me olha, e percebo que está juntando forças para não desabar. — Vai ser bom para nós dois, você vai ver. Eu preciso organizar a minha vida, porque o que aconteceu com o Matheus deixou marcas, e não é justo colocar isso em cima de você, ainda mais agora. E você precisa se resolver com a sua família, com a sua vida...

Por mais que meu peito doa, mais uma vez, sei que Caio está certo. E esta certeza faz tudo ficar pior, embora devesse ajudar um pouco. Talvez ajude, não sei. Mas Caio embarcou em um relacionamento comigo ainda machucado da traição do ex, e precisa se curar também.

— Quero que saiba que você não é apenas uma aventura para mim. Sei que estou começando a viver a minha vida de verdade, estou descobrindo como é não mentir mais, nem me esconder, mas o que sinto por você está completamente claro para mim.

— Eu sei. — Ele dá outro sorriso triste. — Como falei, pode ter certeza de que foi a decisão mais difícil que tomei.

— Mas foi uma decisão certa.

— Talvez. Apenas sinto que, agora, ela é certa. Se é definitiva, só o tempo dirá.

Tento não pensar nisso. Não quero pensar em Caio em outro país para sempre. Preciso acreditar que vamos nos encontrar um dia, e que seguiremos dali em diante, juntos. Que eu só preciso ter a minha vida organizada, e que ele precisa de tempo para perceber que o lugar dele é comigo.

Decido melhorar o clima ao me lembrar de algo que ele falou.

— O que o amendoim tem a ver? — pergunto, e Caio franze a testa. — Você disse que amendoim está relacionado ao seu trabalho.

Ele dispara a rir.

— O trabalho... é para ser comissário de bordo em uma companhia aérea lá.

— E não tem companhia aérea aqui?

— Tem, mas não são muitas. E não é sempre que abre um processo seletivo para a vaga de comissário, às vezes, demora anos. E este surgiu quando comecei a me recuperar do chifre de Matheus, e senti que precisava sair do Rio, para esfriar a cabeça e colocar as coisas em ordem.

Droga, Matheus, penso. Tem como sentir mais raiva de um ex do que o quanto estou sentindo agora?

— E se você esperar aparecer um aqui no Brasil?

— Ah, Fabrício... — Ele enxuga uma lágrima. — Nem sei quando isso vai acontecer. Posso até esperar e me inscrever em um processo seletivo aqui, mas quem garante que eu vá passar? Sempre são milhares de candidatos para pouquíssimas vagas. Se deixar a oportunidade de realizar o meu sonho de lado, por algo que pode nunca acontecer...

— Lá você já passou...

— Lá eu já passei — concorda ele.

Eu sei o que ele quer dizer e sei o que ele precisava fazer, na época. Caio estava machucado e precisava se afastar. Agora, ele não pode abrir mão de seu sonho ou, então, será uma pessoa frustrada para o resto da vida.

Não quero tornar tudo mais difícil para ele, nem para mim.

— Tudo bem. Vamos fazer dar certo.

— Não quero namorar à distância. — Ele é enfático. — Você precisa ficar aqui e levar a sua vida, sem pensar em mim lá.

— Isso vai ser impossível. — Paro de falar e penso em suas palavras. — Calma aí, você está dizendo que é para termos outros relacionamentos?

— Ah, meu Deus, não me pergunta isso, porque a última coisa que quero é pensar em você com outro cara.

— Então não pense. — Sorrio para ele, olhando sua boca convidativa. — Podemos ter uma última noite? — pergunto, receoso.

— Podemos ter algumas noites. Não estou me mudando amanhã.

Ele me puxa pela nuca e eu o beijo, como se fosse a última vez que o terei comigo.

capítulo 21

> Frágil coração, faz favor de se cuidar
> Sair de si às vezes pode ser legal
> Só não se esquece que cê precisa voltar
> **Frágil Coração - Rodrigo Alarcon**

CAIO

Ao tocar a campainha, a tristeza toma conta de mim. É a última vez que virei aqui, pelo menos por um bom tempo. Espero voltar, mas o futuro é incerto e, talvez, não exista futuro para nós. Mas não posso falar isso para Fabrício, não hoje, não agora.

Ícaro abre a porta e me abraça forte, e tento segurar as lágrimas. Deixo minha mochila no canto da sala e olho em direção ao quarto de Fabrício.

— Ele está lá dentro? — pergunto.

— Está tomando banho. E, não se preocupe, ele me avisou que você vinha passar as últimas horas aqui, então vou mais cedo para Ipanema, resolver algumas coisas — diz Ícaro, piscando o olho, mas percebo a tristeza vindo dele. Vou sentir falta do meu amigo.

— É... — Olho a porta do banheiro fechada e depois Ícaro. — Você se importa em voltar aqui lá pelas quatro da tarde?

Ele franze a testa e depois balança a cabeça.

— Você não vai deixá-lo ir junto.

— Não posso.

— Entendo. — Ícaro balança a cabeça, novamente. — Não se preocupe, um dos meninos toma conta do Corcovado hoje. Estarei aqui às quatro.

— Muito obrigado.

Ele me abraça forte, dizendo palavras de encorajamento pela nova vida que terei, e sai do apartamento.

Vou para o quarto de Fabrício. Eu me sento na cama, esperando por ele, que não demora a voltar do banho.

Fabrício está com uma toalha enrolada na cintura, os cabelos úmidos pingam poucas gotas pelos seus ombros. Ele fica surpreso ao me ver.

— Pensei que você ia chegar daqui a meia-hora.

— Vim assim que você avisou que voltou para casa — digo. Ele está parado na minha frente. — Como foi a prova?

— Chata. — Fabrício dá de ombros e se senta ao meu lado. — Só serviu para me impedir de passar a manhã toda com você.

Sorrio, um sorriso que sinto que é triste. Ele retribui na mesma intensidade.

— Vou colocar uma roupa. Que horas seus pais vão vir buscar a gente? — pergunta, começando a se levantar, mas eu o impeço, segurando seu braço. Eu me sento de frente para ele.

— Eles vão vir me buscar às quatro.

— Te buscar? — pergunta ele, sem entender.

— Eu vou sozinho com eles e a Gio.

Fabrício me encara, perplexo. Ele abre a boca para reclamar, mas desiste, me olhando com mágoa, e solta o braço bruscamente.

— Você vai me impedir de ir ao aeroporto te dar adeus?

— Vou te impedir justamente porque não posso deixar que você vá até lá me dar adeus.

— O que isso significa?

— Que, se você for, vou acabar desistindo de viajar.

— Então, talvez, eu deva ir — diz ele, sorrindo de forma irônica.

— Por favor, não torne as coisas mais difíceis para mim. Não posso te ter no aeroporto, vai ser muito difícil ir embora se você estiver lá, antes que eu passe pelo portão de embarque — imploro, e sinto uma lágrima escorrer pela minha bochecha. Faço um esforço enorme para impedir que outras a sigam.

— Eu quero estar lá. — Ele coloca a mão na minha perna e aperta de leve. Lágrimas também molham suas bochechas, e sinto um pouco de pavor em sua voz. — Eu preciso me despedir de você.

— Você vai se despedir de mim, agora, e depois vai me deixar ir. Por favor, me ajude — imploro, mais uma vez.

Ele balança a cabeça e me abraça. Eu o aperto contra meu corpo o mais forte que consigo, como se quisesse colocá-lo dentro do meu peito e levá-lo comigo. Ele afasta o rosto o suficiente para que nossos olhos se encontrem. A ponta do meu nariz toca a dele, e ele puxa minha boca de encontro à sua. Nosso beijo é carregado de pressa, fúria, ansiedade e paixão.

Fabrício deita na cama, me levando junto.

Checo o celular e vejo que faltam vinte minutos para meus pais chegarem. Meu coração se aperta.

— Preciso ir — sussurro, e Fabrício assente com a cabeça.

Nos levantamos e nos vestimos em silêncio, cada um de um lado da cama. Eu o encaro e balanço a cabeça, indo em direção à sala. Paro, olhando a porta de entrada do apartamento. Não quero sair por ela, mas preciso ser forte por nós dois.

Sinto os braços de Fabrício envolverem a minha cintura,

por trás, e meu peito parece que vai explodir. Ele beija minha nuca e começo a chorar.

— Ah, não — diz ele, me virando e me abraçando. — Vai dar tudo certo.

Tenho minhas dúvidas, e sinto, pelo tom de voz, que Fabrício também as têm. Não quero me arrepender da decisão que tomei, sei que foi a melhor para nós dois.

— Preciso ir agora ou, então, não vou mais — comento, enxugando os olhos.

Fabrício também está chorando, e eu levo o indicador até sua bochecha e seco uma lágrima. Ele envolve meu rosto com as duas mãos e me puxa para perto dele, me beijando. Não é um beijo de fúria, como mais cedo, mas sim algo mais calmo. Tento decorar cada movimento, cada sentimento, cada pedaço dele. Quero levar seu cheiro comigo e aí me lembro de algo que trouxe. Abro minha mochila, que deixei ao lado do sofá, e entrego uma camisa a ele.

— O que é isso?

— Uma camiseta minha. Quero levar uma sua — respondo. Ele me encara, abraçando minha blusa. — Quero seu cheiro lá, comigo.

Fabrício sorri e tira a que está usando.

— Esta serve?

— É perfeita. — Pego a camisa de suas mãos e a levo até o nariz, fechando os olhos. Seu cheiro invade meu corpo. Quando encaro Fabrício, ele está vestido com a minha blusa. — Ah, meu Deus, para de dificultar a minha vida.

Ele começa a rir, de forma nervosa, e me abraça, beijando minha testa.

— Eu te amo — diz Fabrício.

— Eu te amo mais — respondo. Ele me abraça forte e me dá vários beijos seguidos. Agora é a minha vez de rir, e não sei se faço isso de nervoso, pois parece que não sinto mais meu coração dentro do peito. Eu o encaro pela última vez. — Viva a sua vida, Fabrício. Tente não pensar em mim.

— Impossível não pensar em você — interrompe ele. — Vou te enviar mensagem sempre, vamos fazer chamadas de vídeo...

— Você precisa viver aqui. Precisa seguir com a sua vida e resolver a questão pendente da sua família.

— Eu sei.

— Eu só vou te atrapalhar.

— Você nunca vai me atrapalhar — diz ele, e coloco minha mão em sua boca delicadamente, impedindo-o de continuar.

— Por favor, estou tentando não desabar aqui, me ajude — imploro. Ele concorda com a cabeça e eu retiro minha mão de sua boca. — Quero que seja feliz. Não deixe nenhuma oportunidade passar. Seja sincero com seus pais. Seja você sempre. Seja feliz. Seja feliz, seja feliz, em todos os dias da sua vida. Lembre-se de que a sua felicidade é a coisa mais importante do mundo.

Ele me abraça forte e eu retribuo. Sinto o celular vibrar no bolso da calça, e sei que estou atrasado para descer. Eu me solto, com relutância, e abro a porta. Antes de fechá-la, olho Fabrício. Nós dois estamos com o rosto cheio de lágrimas.

— Eu te amo — digo.

— Eu te amo mais — responde ele.

capítulo 22

Agora eu quero ir
Pra me reconhecer de volta
Pra me reaprender e me apreender de novo
Agora Eu Quero Ir - ANAVITÓRIA

FABRÍCIO

Caio acabou de sair.

Até agora não consigo acreditar que ele foi embora de vez, que não vou vê-lo mais, tocá-lo mais, beijá-lo mais.

Estou deitado na cama, sentindo seu cheiro no meu travesseiro e na camisa dele, que estou vestindo. Não choro mais, já esgotei o meu estoque de lágrimas. Agora, só encaro a janela, me sentindo vazio. Nossa despedida foi tão triste, e intensa, e triste, e romântica, e triste, e perfeita, e triste…

Ouço o barulho da porta do quarto se abrindo e, por um milésimo de segundo, penso que é ele voltando e dizendo que desistiu de viajar. Mas vejo Ícaro entrando com um pote de sorvete nas mãos.

Meu Deus, virei um clichê romântico.

— Vamos nos afogar — brinca dele.

Eu me sento, encostando na cabeceira da cama, abraçado ao travesseiro onde Caio estava deitado, há pouco, porque preciso do máximo do cheiro dele em volta de mim.

Ícaro se ajeita ao meu lado e me entrega uma colher.

— Que droga — comento.

— Vai ficar tudo bem — diz ele. — Bom, isso não foi legal. Mas vai melhorar.

— Eu sei. Ou não. Estou um lixo.

— Claro que está. Mas nada como um dia após o outro, como diz minha mãe.

Ele me entrega o pote de sorvete e comemos em silêncio.

— Obrigado — comento. — Não só por estar aqui, agora, sendo que precisava trabalhar. Mas por tudo o que já fez por mim.

— Não tem que agradecer. Estou aqui para ajudar no que precisar. — Ele me encara, sério. — Só não vou servir de consolo.

Eu começo a rir, e fico ainda mais grato pela presença dele. Sei que está tentando me distrair.

— Uma das regras de morar com você.

— Isso mesmo. Mas posso te apresentar a alguns carinhas interessantes. — Ele me olha de novo e faz uma careta. — Acho que ainda é cedo para brincar com isso, né?

— Sim, mas obrigado — respondo.

Terminamos o sorvete em silêncio, e Ícaro pega a colher da minha mão e a joga dentro do pote.

— Você quer ficar sozinho? — pergunta ele.

— Sim, desculpa.

— Não tem problema, eu entendo. — Ícaro se levanta. — Ele te ama muito, e por isso foi embora. O que você pode fazer, para valer a pena o que ele fez, é ser feliz.

— Você está parecendo o Caio falando.

— Bom, é a verdade. Seja feliz, Fabrício, é o que ele quer. É o que ele precisa.

— Como que vou ser feliz sem ele?

— Isso você precisa descobrir. Mas estou aqui para ajudar.

Ele beija o topo da minha cabeça, como um irmão mais velho faria, e sai do quarto. Eu abraço o travesseiro, inspiro profundamente e volto a chorar.

Estou na rodoviária Novo Rio com Ícaro e Giovanna. Mesmo avisando que não precisavam me acompanhar, eles insistiram em vir comigo.

— É claro que vamos ficar com você até a hora do embarque — disse Ícaro, quando chegamos.

O fato de eles estarem aqui me acalma um pouco. Estou apreensivo com o que me espera, então meus amigos me distraem até a hora de entrar no ônibus. Agradeço em silêncio pela presença deles, é como se uma parte de Caio estivesse comigo.

Mais cedo, quando arrumava minha mala, enviei uma mensagem a ele, que ainda não respondeu.

FABRÍCIO
Indo para Morro Atrás hoje
Torça por mim

A cada dois minutos, checo o celular.

— Ainda tem tempo — comenta Giovanna, e levo alguns segundos para entender que ela pensa que estou vendo a hora por causa do ônibus.

— Estou nervoso — minto.

Quer dizer, realmente estou nervoso com o que vai acontecer, mas o motivo de olhar o celular constantemente é outro. Estou ansioso por uma mensagem de Caio.

A hora de partir chega e os dois me acompanham. Eles me abraçam e me enchem de palavras de encorajamento. Eu os amo tanto que quase choro, mas preciso me controlar e ser forte para o que está por vir. Prometo dar notícias, assim que puder.

Após duas horas na estrada, chega uma mensagem e meu coração se aquece.

CAIO

> Desculpa, estava em treinamento
> Boa sorte
> Seja você
> Vai dar certo
> Você é incrível e eles sabem disso
> Só diga o que está no seu coração, não tenha medo
> Estou na torcida

Desabo a chorar. Não consigo me controlar e fico feliz por não ter ninguém ocupando a poltrona ao meu lado.

Minha irmã Nina me busca na rodoviária. É a primeira vez que nos encontramos desde que me assumi, e minha vida virou de cabeça para baixo.

Ela me abraça forte e repete várias vezes que me ama.

Começo a chorar.

Eu e Nina estamos na cozinha da casa dela, conversando. Seu marido apareceu rapidamente e me cumprimentou, um pouco sem graça. Ele estendeu a mão e, antes que eu pudesse apertar, me abraçou meio sem jeito e deu uns tapinhas nas minhas costas, olhando minha irmã.

— Ele está com medo porque eu disse que, se tivesse que escolher entre ele e você, era para ir arrumando as malas e sair daqui — confidencia Nina, baixo, quando ele sai da cozinha. — Ele me deu um sermão, dizendo que não é homofóbico e que não tem nada contra você, mas ainda assim, ficou com medo do que eu possa fazer.

Ela parece se divertir com isso.

— Como eles estão? — pergunto, e ela sabe de quem estou falando.

— Ainda atordoados. Uma coisa é desconfiar, outra é ter certeza. Acho que é mais um choque inicial.

— Não tenho tanta confiança quanto você.

— Eles te amam, muito. Tenho conversado com eles, quase todos os dias, tentando fazer com que entendam que você está bem, que isso é normal. — Ela me olha. — Desculpa, não quis dizer isso, ainda não sei muito bem como me expressar sem te magoar ou ofender.

— Tudo bem.

— Estou aprendendo, não se preocupe. Você tem um lar aqui em casa. — Ela sorri para mim. — E, em breve, também terá com eles. Só é tudo muito novo para os nossos pais, eles têm outra cabeça, mas vou ficar lá, falando até eles aceitarem. Vão aceitar.

— Você realmente acredita nisso?

— Preciso acreditar, e você também. Eles te amam, não vão te abandonar. — Nina pega a minha mão e aperta. — Eu nunca vou te abandonar. Preciso me desculpar por não ter te ajudado enquanto você crescia. Era tudo tão novo para mim... Eu tinha minhas desconfianças, mas não a certeza. Você conseguiu fingir tão bem.

— Precisei aprender, ou então... — Não termino a frase porque não sei como terminá-la.

— Deve ter sido muito difícil, e me sinto culpada por não ter estado ao seu lado.

— Você está aqui, agora, é isso que importa — digo, porque é verdade.

O apoio dela está sendo fundamental para mim e deixo isso claro. Agradeço também por ela estar me ajudando financeiramente. Depois que papai voltou do Rio, ele parou de enviar dinheiro, como fazia todo mês.

— Nunca vou sair do seu lado. Brigo com a cidade inteira por você. Brigo com o mundo. Você não está sozinho, saiba disso.

Volto a chorar.

A casa onde cresci não é grande, mas tem seu charme. Meu quarto era o primeiro, com a porta dando quase para a sala. Do sofá, onde estou, consigo ver parte da cama em que dormi a vida toda, e uma das portas do armário. Parece que faz anos que não entro ali, e não sei se hoje conseguirei entrar.

Estou sentado no sofá da sala, com Nina ao meu lado, segurando minha mão. Mamãe está em frente a mim, e me olha, piscando várias vezes. Nosso encontro não foi lindo, mas também não foi o horror que eu pensava que seria. Ela me deu um abraço nem muito apertado, nem muito frouxo, e balbuciou "*meu filho*" três vezes.

Meu pai ainda não apareceu, mas sei que está em casa, trancado no quarto. Nina foi lá quando chegamos e ouvi vozes alteradas, mas não consegui entender o que eles falavam.

— Ele está nervoso — sussurrou minha mãe, sorrindo timidamente para mim.

Quando Nina voltou para a sala, mamãe se levantou e serviu café, como se fôssemos visitas de cerimônia. Não falamos nada até Nina bufar alto.

— Isso já está ridículo — diz ela, se levantando, e eu me lembro de Caio na mesma hora, em todas as vezes que ele me chamou de ridículo, e sinto meu rosto corar.

Pensar nele me enche de coragem, e parece que estou pronto para enfrentar o que for sair daquele quarto.

— Deixa ele — diz mamãe.

Nina volta a se sentar e minha mãe se levanta. Penso que ela agora vai pegar biscoitos amanteigados, aqueles que serve para as *"visitas ilustres"*, mas ela me surpreende e se senta ao meu lado. Sinto um pequeno momento de pânico quando ela levanta a mão, mas mamãe me surpreende, mais uma vez, e acaricia minha bochecha.

Fecho os olhos, segurando as lágrimas.

— Mãe...

— Como você está, meu filho? Está gostando de morar no Rio? Está feliz? — pergunta ela, e, pronto, desabo a chorar mais uma vez.

Ela me puxa e me abraça forte, e eu me sinto em casa, pela primeira vez, desde que entrei nesta sala.

E é aí que escuto uma porta se abrindo e passos pesados pelo corredor.

Meu coração se aperta quando eu me viro e vejo meu pai em pé, com o rosto transtornado.

— O que você está fazendo aqui? — pergunta ele, de forma ríspida.

— Pai — digo, sem reação.

— Você não vai atacá-lo — grita Nina, se levantando.

Meu pai a encara, depois me encara e olha mamãe, que está segurando minha mão.

— Mulher é tudo frouxa mesmo. — Ele balança a cabeça. — Não quero você voltando aqui, na cidade. Você quer o quê? Envergonhar toda a família.

— Ele não me envergonha. Eu sinto um imenso orgulho dele — grita Nina.

Eu reúno as minhas forças e me levanto. Vim aqui para tentar resolver a situação, não brigar.

— Calma, Nina — peço, colocando uma das mãos em

seu ombro. Encaro meu pai. — Desculpa se te envergonho, mas não vim aqui para isso. Vim para conversar com vocês e tentar mostrar que não há nada de errado comigo. — Uso as palavras dele, de quando conversamos no Rio. — Eu ainda sou o Fabrício que cresceu nesta casa, o filho de vocês.

— Meu filho não beija homem.

— Seu filho beija a pessoa que ele ama. O sexo não deveria importar. — Dou um passo para a frente, mas paro. Não quero confrontá-lo. — O que é mais importante para você, pai? As aparências aqui na cidade, o que os outros pensam, ou a felicidade do seu filho? Quero que entendam que estou bem, estou feliz, de verdade. Pela primeira vez, posso ser eu mesmo, e a minha vida entrou nos eixos. Quero que saibam que me criaram muito bem e sou uma pessoa honesta, que trabalha, estuda e, sim, namora. Não sou a pessoa que sonharam, mas sou a pessoa que vocês me tornaram. Sou eu, o Fabrício de vocês.

— Você... Você... — Meu pai parece um pouco sem reação, e não dou tempo a ele.

— Só quero que pense nisso, pai. Na minha felicidade. É isso que importa, o resto não. Eu estou feliz, de verdade. Pela primeira vez, em muito tempo, estou completo. Não estou fazendo nada de errado, apenas vivendo a minha vida, de forma honesta. Você sempre me ensinou isso, a ser uma pessoa honesta com os outros, a tratar todos bem e a buscar a minha felicidade. É o que estou fazendo, mesmo que o caminho não seja o que você planejou. Só quero que você pense nisso.

Ele balança a cabeça, mas não me responde. Olha mamãe e Nina e sai da sala.

— Acho que foi tudo melhor do que eu esperava — sussurra mamãe, e eu dou uma risada seca.

— Ele vai aceitar — diz Nina, colocando a mão no meu ombro. — Eu também esperava algo pior.

Mamãe se levanta e pega a minha mão.

— Dê tempo ao tempo — diz ela, dando um beijo na minha bochecha. — Pode pegar algumas coisas, se quiser — completa, indicando meu quarto.

Ela me abraça forte e sai da sala. Acho que é o máximo de amor que pode me dar hoje, e não reclamo. O pior de tudo, é que ela tem razão.

Foi menos pior do que eu esperava.

capítulo 23

> Vento vem me trazer boas novas
> Que sempre esperei ouvir...
> ...E eu me rendo
> Vento que me leva onde quero ir
> **Asas - Luedji Luna**

CAIO

Os primeiros dois meses em Dubai foram de treinamento intenso, e regados a muita saudade. Aulas, livros, provas e dias em que acordava cedo e dormia tarde. E, nos poucos momentos que tinha livre, meus pensamentos voltavam para Fabrício e nossas trocas de mensagens.

Há quem diga que a vida de comissário de bordo é fácil, que é só servir água e café dentro do avião, enquanto sai viajando o mundo. Mas na realidade, precisamos estar preparados para tudo antes de começarmos a trabalhar na prática. E quando digo tudo, é tudo mesmo! Desde uma massagem cardiorrespiratória à realização de um parto.

É muito louco pensar que pessoas nascem e morrem, também, dentro de aviões. Graças a Deus, ainda não precisei colocar em prática nada que aprendi na matéria de primeiros socorros. Até agora, só alguns passageiros que exageram no álcool, ou aqueles que ficam enjoados durante turbulências.

Pego o celular e abro minha conversa com Fabrício, sentado na sala de minha casa em Dubai, e sinto um aperto gigante no peito ao ler uma das últimas mensagens que ele me mandou. É um prato de lasanha

FABRÍCIO
> Aprendi a cozinhar
> Sem ninguém para provar 😊
> Rimando para ser bobo
> Igual o meu amor (não sei o que rima com bobo) 😊

Demorei alguns dias para responder e, quando o fiz, enviei apenas um emoji de espaguete. Comecei a fazer isso com frequência. Não respondo na hora e, na maioria das vezes, com apenas um emoji.

Dói muito fazer isto, e o motivo não é por ter perdido o encanto, ou conhecido outro comissário, ou qualquer coisa similar. Não consigo me imaginar conhecendo outro cara. Fabrício ocupa todo o meu coração. E é por isso que estou agindo desta forma, por ele.

Assim que viajei, conversávamos quase todos os dias, mas percebi que ele não conseguia se desligar de mim. Se não me afastasse, Fabrício não conseguiria viver a vida dele. Não posso deixá-lo atado a mim, que estou vivendo um sonho do outro lado do mundo. Fabrício precisava perceber que tem que levar a sua vida sem mim. Infelizmente.

O que vivemos foi intenso. Em mim, ainda é! Fecho os olhos e posso sentir nossos corpos juntos, a sensação do toque em minha pele, da pressão que ele fazia em meu corpo quando ficava atrevido. Não quero acreditar que foi apenas isto que o Universo planejou para a gente. Sei que algumas coisas são fortes, embora rápidas, mas não consigo pensar em não ter mais Fabrício em meus braços.

Estou em um quarto de hotel aqui em Miami, após ter saído com algumas pessoas da tripulação para colocar a cara no sol em South Beach, uma das praias mais famosas da cidade. Terminei o banho e estou trocando de roupa, pois vamos a um bar à noite. Não estou com muita vontade, mas também não posso ficar dentro do quarto o tempo todo pensando em Fabrício, por mais que ele ocupe meus pensamentos.

Na praia, enquanto deixava o sol me queimar, eu me lembrei do nosso início de convivência. Por um momento, parecia poder senti-lo ali, pertinho de mim, e meu coração ficou apertado.

Termino de me vestir e vejo que ainda tenho alguns minutos, antes de encontrar meus amigos no hall do hotel. Aproveito para ligar para casa, saber das novidades de Giovanna e matar as saudades de meus pais e de Juno.

No início, Gio ficava me contando sobre Fabrício. Que ele estava triste, que perguntava por mim, que tinham ido à praia, ou qualquer coisa que fizessem juntos, por mais simples e boba que fosse.

Era bom saber, mas ao mesmo tempo, doía. E, cada dia que passava, parecia que a dor aumentava, se tornando insuportável. Alguns dias são mais difíceis que outros, mas sem Fabrício, tenho a sensação de que eles nunca serão fáceis. Então, precisei pedir para minha irmã não falar mais dele. Estamos longe um do outro, cada um precisando seguir sua vida, e saber tudo (ou quase tudo) sobre ele, não me ajudava.

Giovanna pareceu entender, mesmo sob protestos. Ela pensa que, se parar de falar nele, vou esquecê-lo. Isso é impossível! Mas ela me obedeceu, mesmo contrariada. Agora, quando nos falamos, é somente sobre nós dois, meu trabalho e as aulas dela.

Desligo o celular, me olho no espelho, passo perfume e tomo coragem para sair pela porta. Não é a porta da minha casa, que vai me levar de encontro a Fabrício no Corcovado, mas quero acreditar que isso um dia irá acontecer novamente.

Estou vivendo meu sonho, feliz com minha vida em Dubai e realizado com meu trabalho. Mas não consigo ficar totalmente feliz, porque não tenho Fabrício ao meu lado.

O lugar que o pessoal da tripulação escolheu para ir está cheio, com uma banda tocando música. Todos estão na pista de dança, se divertindo, e eu estou aqui, no bar, sentado em um banco alto, encarando meu copo de *mojito* em cima do balcão. A bebida me lembra Fabrício. Tudo me lembra Fabrício.

Estou longe há quase seis meses, e fico me perguntando se ele seguiu adiante. Sei que eu deveria, mas não consigo, pois o amo muito.

— O que estou fazendo aqui? — pergunto, a mim mesmo, em voz alta, no mesmo instante em que um homem se senta ao meu lado.

— Se eu pagar outra bebida para você, sua noite melhora? — oferece ele.

Não me surpreendo por ele falar português. O bar, assim como Miami, está cheio de brasileiros.

Eu o encaro. Ele deve ter uns trinta e poucos anos, talvez mais. Nunca fui bom em adivinhar a idade das pessoas, sou um desastre, sempre coloco mais anos do que elas realmente têm, o que gera um constrangimento desnecessário. Gio já me aconselhou a ficar de boca fechada, quando alguém me pede para arriscar um palpite sobre idade.

— Desculpa, mas hoje eu realmente não estou no clima — respondo, pois a última coisa que quero, no momento, é conhecer um brasileiro.

— Nossa... — rebate ele. — O que te deixou assim?

Minha vontade é ser ainda mais rude, mas me controlo, e fico me perguntando qual parte do meu fora ele não entendeu.

Volto a encará-lo, e ele sorri, parecendo achar graça da minha fossa.

— Desculpa, como falei, não estou no clima para conhecer gente nova.

— Tudo bem.

Ele dá de ombros e chama o barman. Pede algo, que não presto atenção. Estou me lembrando dos passeios ao ar livre que tive com Fabrício, ao olhar a folhinha de hortelã dentro do meu copo.

O homem continua ao meu lado, bebendo cerveja, mas pelo menos parou de insistir em puxar conversa. Disfarçadamente, eu o analiso. Ele é bonito e, em outras circunstâncias, teria aceitado a bebida que me ofereceu e estaria disposto a conhecê-lo melhor.

O barman volta e coloca outro copo de *mojito* na minha frente, e eu penso que ele se confundiu.

— Eu não pedi — digo a ele, em inglês.

— Eu pedi — responde o estranho, ao meu lado.

— Olha... Eu realmente... — Empurro o copo em sua direção, mas ele me interrompe antes que eu prossiga.

— Juro que é sem segundas intenções — diz ele, empurrando o copo de volta para mim. — Você está parecendo precisar de mais uma dose.

Pego o copo e agradeço com a cabeça. Ficamos novamente em silêncio, e percebo que estou sendo rude sem motivos, ele foi simpático sem forçar. E já tem tanto tempo que não conheço ninguém, que me viro e decido me apresentar a ele.

— Caio.

— Adriano.

— Desculpe pela minha grosseria, mas não estou em um bom dia — digo, apertando sua mão.

— Não tem problema. Eu percebi, só quis ajudar.

— Você mora aqui? — pergunto, e me arrependo na mesma hora. Não quero que pense que estou interessado.

— Não, moro no Brasil. Vim a trabalho. E você?

— Trabalho, também.

— E quem fez isso com você? — pergunta ele, e eu o encaro, confuso. Ele sorri. — Quem quebrou seu coração?

Ah.

— Ninguém.

Adriano começa a rir, e isso me irrita um pouco. E sinto pena de mim mesmo.

— Você mente muito mal, sabia.

— Sabia. — Sorrio e respiro fundo. — Eu tenho uma pessoa no Brasil, mas não foi ele quem me deixou assim. Eu mesmo me deixei.

Adriano insiste mais um pouco e vou soltando pedaços da minha vida. Incrível como ele consegue me contornar com palavras, me fazendo contar toda a minha história com Fabrício. Ou, talvez, eu que estivesse doido para conversar com alguém, para contar tudo, tirar do peito essa dor. Acho que só precisava de uma pessoa disposta a me ouvir.

Ele opina, ri, se diverte com o que falo. Eu chego até a mostrar uma foto de Fabrício a ele, que tenho no meu celular. Tenho várias, um álbum inteiro com umas quinhentas fotos minhas e de Fabrício juntos, ou dele sozinho.

— E foi isso. Eu abri mão do amor da minha vida para viver meu sonho de ser comissário de bordo.

— E por que não arrumou um emprego no Brasil?

— Não apareceu nenhuma seleção desde que terminei o curso. A única que surgiu foi justamente para ir para Dubai, e logo após eu ser chifrado — respondo, arrancando mais uma risada de Adriano.

— Você é divertido. — Ele dá um gole na cerveja dele. — Então, você decidiu se mudar para Dubai por causa do Matheus.

— Não, eu decidi me inscrever no processo seletivo após o término com o Matheus. Senti que precisava me afastar do Brasil, naquela época. A oportunidade surgiu, e não esperava conhecer o Fabrício nesse meio tempo.

— E aí você recebeu a proposta do emprego.

— Isso.

— E não pensou em recusar?

— Claro que pensei! — respondo. — Mas era o meu sonho. E o Fabrício não queria ser responsável por eu viver frustrado o resto da vida, por não ter ido atrás do que desejo.

— Ele parece ser um cara e tanto.

— Ele é.

— E agora? Planeja tentar voltar para o país?

— É o que quero, mas preciso conciliar minhas férias para quando tiver uma seleção em alguma companhia lá — respondo, com tristeza. — Se eu tiver o emprego dos meus sonhos no Brasil, não penso duas vezes em voltar para viver com o cara dos meus sonhos. Por mais que eu ame a minha vida em Dubai, lá, ela não parece certa, porque falta o Fabrício.

Reflito sobre o que falei e o quanto soou brega, mas eu sou brega, então não me importo com o que Adriano vai pensar. A única pessoa que me importa o que pensa está a quilômetros de distância, fazendo sei-lá-o-quê agora.

Conversamos mais um pouco e Adriano me conta sobre sua vida, e sobre o seu ex, que também o chifrou, encerrando um casamento de anos por causa de uma aventura qualquer. Eu me surpreendo por ter uma noite agradável ao lado dele.

— Bem... — Ele se levanta, vira o resto da cerveja e pega a carteira. — Se um dia quiser viver seu sonho com o cara dos seus sonhos, me procure. Quem sabe eu te ajudo?

Ele me estende o cartão, e pisco várias vezes para ter certeza de que não é efeito dos dois *mojitos* que tomei, mas sim que estou lendo certo. Levanto o rosto e não vejo mais Adriano.

É madrugada, e o voo para Dubai está completamente silencioso. Já servimos as refeições, recolhemos os lixos e agora as luzes da cabine estão apagadas, para que os passageiros possam descansar.

Estou organizando algumas coisas na *galley* traseira, que nada mais é do que um nome chique para cozinha de avião. Alguns colegas estão conversando na *galley* do meio, e outros estão dormindo no sarcófago, um espaço secreto na aeronave, onde a tripulação pode descansar. Embora o nome faça parecer algo extremamente claustrofóbico, já tive sonos revigorantes lá.

Termino o que tenho para fazer, me encosto no balcão e enfio a mão no bolso. Retiro o cartão que Adriano me entregou, e fico olhando aquelas letras. Leio várias vezes o que já sei de cor desde que o recebi, e percebo que, novamente, o Universo está me mandando um sinal.

capítulo 24

> Vai ser difícil eu sem você
> Porque você está comigo o tempo todo...
> ...Já que você não está aqui
> O que posso fazer é cuidar de mim
> **Vento no Litoral - Legião Urbana**

FABRÍCIO

Alguns dias após a partida de Caio, vesti sua camisa em um travesseiro ao qual durmo abraçado todas as noites. Tirei uma *selfie* e enviei para ele, acompanhada de uma mensagem.

FABRÍCIO
sinto sua falta #BregaComoVocê

Não demorou muito e ele respondeu:

CAIO
Não acredito que a fila andou #SouMaisBonitoQueEle

No início, tentamos fazer algumas chamadas de vídeo, mas os horários de treinamento de Caio, aliados ao fuso, tornaram isso cada vez mais difícil, então combinamos de nos comunicar via mensagem.

Toda vez que via algo que me fazia lembrar dele, tirava uma foto e enviava. Ele rebatia com alguma piadinha brega, como sempre, mas aos poucos, fui notando uma mudança.

Caio parecia se distanciar de mim, diminuindo o tamanho das mensagens e demorando mais para me retornar.

Como na vez que Ícaro, com pena pela minha tristeza, me ensinou a fazer alguns drinks, e enviei uma foto de um todo animado a Caio, avisando que aprendera a preparar, e ele levou cinco dias para responder apenas com um emoji de duas canecas de cerveja brindando.

Ou quando fui a um bar com Giovanna e vi um cartaz na parede:

Tirei uma foto e enviei na mesma hora. Ele me respondeu com uma carinha feliz, oito dias depois.

Eu mentia a mim mesmo, dizendo que era o trabalho.

CAIO
Desculpa, estava voando

Passou a ser a mensagem básica dele, quando não enviava apenas um emoji.

No começo, achava tão fofo quando ele escrevia que estava voando. Eu o imaginava pelos céus de Dubai, de capa, como um super-herói. Meu Deus, fiquei brega igual a ele!

Depois, passei a detestar a frase que antes amava. Caio parecia estar sempre voando. Ou, então, era só comigo. Cheguei a sondar Giovanna, para descobrir se ele perguntava sobre a minha vida, mas a cara que ela fez me provou que não, ele não tocava no meu nome.

— Ele quer que você siga com a sua vida sem pensar nele. — Foi o que Ícaro falou, quando chegou em casa e me viu na fossa.

— Como é que eu não vou pensar nele?

Era impossível não pensar em Caio e, quando o cheiro dele na camisa que me deu começou a sumir, fiquei desesperado. Quase perguntei a Giovanna se ela tinha alguma outra em casa, com o cheiro mais forte, mas desisti.

Se ele estava me esquecendo, seguindo sua vida como se eu não existisse, ia fazer o mesmo.

Mas como seguir a vida sem Caio? Sem suas frases bregas, sem ele envergonhado toda vez que vinha ao meu quarto e olhava a prateleira torta? Como não pensar nele quando escuto uma música qualquer ou vejo a natureza desta cidade maravilhosa, ou vou trabalhar no Corcovado, onde nos conhecemos, ou todos os dias na aula com a sua irmã ao meu lado?

Caio está na minha vida, em todos os detalhes.

— Vamos lá, está na hora de você largar esse travesseiro e ser feliz — diz Ícaro, entrando uma sexta-feira de tarde no meu quarto, e arrancando o travesseiro dos meus braços. — Vamos para uma festa.

— Eu vou trabalhar daqui a pouco — comento, surpreso.

— Não vai. Já mudei seu horário no bar, os outros funcionários entenderam. Vamos, você vai começar a viver.

Tento protestar, mas Ícaro praticamente me arrasta para a festa em um bar com música ao vivo, na Lapa. Um amigo dele comemora o aniversário, e não consigo fugir.

A festa está animada, algumas pessoas dançam e outras conversam alto, por cima do som. Todo mundo é muito simpático comigo, fazendo várias perguntas sobre Morro Atrás, mas me sinto deslocado. Ícaro me apresenta a todos e, quando o cara é lindo ou bonito ou charmoso — e gay —, ele faz questão de frisar que estou solteiro.

Compro uma bebida e decido afogar as minhas tristezas no copo.

— Não fique bêbado — pede Ícaro, e concordo.

Não vou ficar bêbado, apenas solto. Ele tem razão, preciso viver. É o que Caio está fazendo. Aliás, o que será que ele está fazendo agora? Voando? Se agarrando no banheiro do avião com um modelo internacional lindo, que está indo para um desfile em Dubai? As pessoas realmente se agarram com estranhos em banheiros de avião? Faço uma careta ao pensar na cena.

— A bebida não está boa?

— Hã?

Olho para o lado, para ver quem fez a pergunta, e vejo um rapaz me encarando. Ele é... Ele não é Caio, nem um modelo internacional, mas é bonitinho.

— Você deu um gole e fez uma cara de quem não gostou.

— Ah, sim. Não, a bebida está boa. Só estava pensando em algo estranho — respondo.

Estou encostado em uma pilastra e ele se apoia nela, ficando de lado para mim.

— Posso saber o que é, ou estou sendo muito curioso?

— Estava pensando se as pessoas realmente se agarram com estranhos no banheiro de um avião.

Ele dá uma gargalhada alta.

— Nunca pensei nisso, que coisa mais aleatória para se pensar em um bar. Mas realmente, nos filmes as pessoas sempre fazem isso.

— Sim! — digo. — Eu acho tão...

— Antirromântico?

— Exatamente! — Eu me viro e fico de frente para ele. — Tudo bem que vocês estão ali dentro, e não tem aonde ir, mas não dá para esperar sair do avião? Não iria querer beijar alguém, pela primeira vez, assim.

— E como você beijaria alguém pela primeira vez?

A pergunta dele me pega de surpresa. Meu rosto deve ter estampado meu choque, porque ele ri e me puxa e não tenho tempo de pensar.

O beijo dele é bom. Não maravilhoso, não ruim. Ele me abraça forte e me encosta na pilastra, e respondo na mesma intensidade. Mas não acontece nada dentro de mim. Não há um clique, nosso beijo não se encaixa perfeitamente, não sinto arrepios pelo corpo. Apenas... é bom.

Quando Ícaro me puxa para ir embora, eu me lembro de que não perguntei o nome dele.

E percebo que isso não importa.

Algumas semanas depois, estou me arrumando para ir a outra festa com Ícaro. Fico impressionado com sua vida social agitada. Onde ele arruma tempo? Antes, eu só tinha olhos para Caio, e mal reparava quando Ícaro sumia.

— O Saulo não para de perguntar por você — diz ele, encostado na porta do meu quarto, enquanto termino de calçar o sapato.

Ícaro usa um terno alinhado, e eu estou com o que Caio me emprestou para o casamento da prima. Eu me esqueci de devolver, e me sinto culpado e atrevido por usá-lo hoje.

— Quem?

— O cara que você beijou na outra festa. — Ele começa a rir. — Você causou uma boa impressão.

— Ah, não, por favor, diz que ele não vai hoje.

— Talvez sim, talvez não. — Ele sai do quarto e vou atrás.

— Não, não, não. — Eu o sigo até a sala. — Não foi... legal. Ícaro me olha e balança a cabeça.

— Você precisa seguir adiante.

— Eu sei, mas não foi isso. Quero dizer, foi bom, mas sabe quando você fica com alguém e não dá vontade de ficar de novo? — explico, como se eu entendesse muito sobre beijar caras por aí.

— Sei. Não encaixou.

— Algo assim.

— Ele não vai, não se preocupe. Mas não deixe de olhar para os lados. Hoje vai ter muito mais gente interessante do que naquele dia.

Ícaro tem razão. O ambiente é elegante e a casa de festas está recheada de caras lindos, passando para lá e para cá. É o lançamento da nova coleção de uma grife famosa, e o que mais tem aqui é modelo internacional. Começo a rir da ironia.

Sou apresentado a várias pessoas, das quais já esqueci o nome no segundo seguinte, porque há mais gente para conhecer. Minha cabeça dói de tanta informação: quem faz o que na empresa, quem é modelo, quem é fotógrafo, quem é ex de quem, quem traiu quem. É muita gente, muito detalhe, muita novidade.

Eu me afasto de Ícaro para ir até o bar, pegar algo para beber, quando o vejo. Ele está sentado em uma mesa, olhando a festa e checando o celular. Parece que sou eu ali, naquele canto, tentando me esconder. Crio coragem, e me aproximo.

— Posso me sentar? — pergunto, e ele parece surpreso ao me ver, mas indica uma cadeira. Eu me pergunto de onde saiu essa coragem toda para me aproximar de um estranho. — Fabrício. — Eu me apresento a ele, estendendo a mão e me sentando ao seu lado.

— Rodrigo — diz ele, apertando a minha mão, e começo a rir.

Ele me encara, não entendendo, e eu peço um tempo a ele.

— Meu Deus, acho que o Universo me ama — digo, ainda rindo, enxugando uma lágrima, e me lembrando de Caio, que se referia ao Universo como se ele controlasse a sua vida. — Desculpa.

Conto a ele um pouco da minha história com Rodrigo, meu ex-amigo, sem me ater aos detalhes. Ele acha graça e começa a compartilhar sua vida. Descubro que é modelo, o que nem precisava falar, porque ele é lindo, tipo lindo-modelo-internacional — ok, Universo, já entendi —, e que saiu de casa cedo para trabalhar. O sucesso chegou alguns anos atrás e, agora, ele pode se dar ao luxo de escolher qual trabalho fazer.

— Antes, eu tirava foto para qualquer coisa. Mal dormia, era um trabalho atrás do outro, para me sustentar. Precisei me virar porque meus pais levaram um tempo para aceitar — diz ele, dando de ombros. — Eles não queriam um filho gay, mas agora, estamos bem.

— Que bom.

— Vai acontecer com você, não se preocupe.

— Espero que sim — respondo. E espero mesmo. Desde que voltei de Morro Atrás, minha irmã envia mensagens avisando o progresso extremamente lento com meu pai. — Quem sabe um dia?

— Até lá, viva a sua vida — diz ele, e suas palavras me lembram Caio.

Mas não quero trazer Caio para a conversa. Se ele está se agarrando com um modelo internacional, eu também farei o mesmo.

Rodrigo conta mais sobre suas viagens, e fico pensando se ele e Caio já estiveram no mesmo avião. Preciso tirar isso da cabeça.

Não sinto a noite passar. A conversa com ele é boa e fico envolvido. Ele não é como Caio, mas parece tão interessado no que eu falo, como Caio fazia. Quase peço para tirar uma *selfie* com ele e postar nas redes sociais, só para fazer Caio chorar lá em Dubai, mas como o pessoal de Morro Atrás ainda não sabe que me assumi, só posto fotos do Rio ou minhas.

E, também, não sei se Caio choraria ou apenas comentaria com um emoji de *"joinha"*. Ou — modo pânico ativado — de coração, como quem diz que formamos um belo casal. Pior, isso pode fazer com que ele assuma seu namorado/modelo internacional, e comece a postar fotos dos dois juntos, passeando, viajando, jantando, mobiliando a casa em Dubai.

Já é tarde e Ícaro se aproxima, me chamando para ir embora. Ele está abraçado a um cara que conheci na outra festa, e os dois parecem felizes. Eles saem, eu me levanto e olho Rodrigo.

— Foi legal te conhecer — digo.

Ele tira algo do bolso, enquanto se levanta também.

— Aqui está meu telefone, caso queira manter contato — diz ele, sem graça, me entregando um cartão com os contatos dele.

Eu acho isso fofo. Não, fofo não, fofo é exclusividade de Caio. Eu o acho... interessante.

— Boa sorte no próximo desfile — digo, e isso soa tão patético.

Ele sorri e se aproxima, e me surpreendo ao me aproximar mais dele. Coloco a mão em sua cintura, o trazendo para perto de mim, e ele fecha os olhos. Eu o beijo com vontade, com fúria, com desejo. Mas não com paixão, amor, conexão. Novamente, não há eletricidade pelo corpo, nem borboletas no estômago, nem alegria. Não há o encaixe perfeito.

Uma parte de mim não está completa. Porque ela já foi completada, e destroçada depois.

Uma parte de mim sabe que só estarei completo quando minha metade estiver aqui, comigo. Só que isso não vai acontecer, e preciso aprender a viver assim.

Incompleto.

> Eu estou voltando para você como antes
> Eu tenho sido um garoto solitário desde que saí pela sua porta
> Se há uma vida para nós, eu não sei
> Mas eu não posso mais viver assim
> **Repetition - Information Society**

CAIO

Puxo minhas malas pelo corredor e Ícaro vem ao meu encontro, me ajudar, e me abraça apertado. Assim que cheguei à portaria, enviei uma mensagem a ele, para não ter que tocar o interfone.

Paro na sala, nervoso, tendo um *déjà vu* da última vez que vim aqui, dar adeus a Fabrício.

— Ele está lá no quarto — diz Ícaro, fechando a porta.

— Ele está com alguém?

— Claro que não! Você acha que ia deixar você vir aqui, hoje, se ele estivesse lá dentro com alguém? — Ele parece horrorizado.

— Não, não agora. Apenas com alguém...

— Namorando?

— Namorando, ficando, sei lá.

— Não cabe, a mim, responder esta pergunta — comenta ele, o que só me deixa mais desesperado.

A dúvida veio comigo desde que recebi aquele cartão de Adriano, Diretor de Recrutamento da maior companhia aérea brasileira. Na hora, senti que o Universo estava me dando outro sinal. Quais as chances de alguém assim aparecer na minha frente? Não podia deixar a oportunidade passar.

Antes de deixar Dubai, liguei para Ícaro para organizar minha vinda até o seu apartamento, e perguntei se Fabrício estava com alguém. Ele se esquivou e não me respondeu, como está fazendo agora. Minha imaginação criou mil cenários diferentes, onde a maioria não terminava com um final feliz.

Mas não tenho mais tempo para dúvidas, ele está aqui, no quarto, e, agora, mais do que nunca, tenho a certeza de que não desistirei dele.

— Obrigado por fazê-lo ficar em casa hoje.

— Não foi difícil. — diz Ícaro. — Sempre que alguém pede para trocar a escala, o Fabrício é o primeiro a se oferecer, então só precisei convencer um funcionário a trabalhar hoje. — Ele faz um sinal para mim, indicando o quarto. — Pode ir lá, eu preciso ir para o Corcovado.

— Obrigado — digo, mais uma vez, e nos abraçamos apertado.

Vejo Ícaro sair e caminho, parando em frente à porta do quarto de Fabrício. Assim que a abrir, minha vida vai mudar e, diferente do que aconteceu meses atrás, espero que, desta vez, ela fique perfeita.

Dou uma batida na porta e escuto sua voz lá dentro.

— Pode entrar — grita ele.

Meu coração já está pulando no peito, começando a se recuperar, só esperando para ver se terei Fabrício em meus braços para se curar de vez. Giro a maçaneta e abro a porta devagar.

E é então que o vejo, sentado em frente à mesa de estudos, com vários livros e apostilas abertas, virado para a porta. Eu o vejo e meu coração dispara. Ele está diferente, o cabelo escuro um pouco maior, cobrindo metade da nuca e as orelhas, e a barba está por fazer. Quando eu penso que este garoto não podia ficar mais bonito...

Seus olhos estão arregalados e a boca um pouco aberta, em uma expressão de total surpresa. Sorrio, entrando no quarto e fechando a porta, mesmo sabendo que ninguém vai chegar, e me encostando nela.

— Oi — digo, de forma tímida.

Ele pisca os olhos várias vezes, talvez para ter a certeza de que estou realmente aqui, na sua frente.

— Meu Deus! — diz ele, ainda chocado.

— Não, sou o Caio mesmo — respondo, e me recrimino, porque mal cheguei e já comecei a falar besteira.

— Você está aqui — comenta ele, balançando a cabeça.

Fabrício se levanta, mas fica parado no lugar. Segura uma caneta na mão, que acho que não percebe que está ali.

— Sim.

Continuo encostado na porta, com ele parado, me olhando. Não sei o que fazer, o que dizer, e tenho medo de perguntar sobre ele. Está um clima tenso no ar, e não sei como quebrá-lo.

Olho ao redor do quarto e vejo minha camisa envolvendo um travesseiro. Sorrio e o encaro, indicando com os olhos. Ele entende e sorri de volta.

— Seu cheiro já sumiu — diz ele, levantando a mão, e percebendo a caneta ali. Ele a deixa em cima da mesa, mas não se move.

— Então precisamos fazer algo sobre isso — respondo.

— Precisamos? — pergunta ele, mordendo o lábio, mas ainda parado no lugar.

Este menino vai me levar à loucura. Ele indica a camisa dele, que estou vestindo. Olho para baixo, já havia me esquecido que eu a colocara para encontrá-lo. Eu a tiro na mesma hora e a estendo, para ele.

Fabrício parece confuso.

— Você disse que o cheiro saiu da outra — respondo.

Ele ainda leva alguns segundos para reagir, e me pergunto se me precipitei, se entendi errado.

Recolho a mão que segura a camisa, na mesma hora em que ele dá um passo à frente, tentando pegá-la. Ele toca meu braço e ficamos parados, próximos um do outro. Agora, consigo sentir seu cheiro, que faz com que meu corpo todo o deseje.

A impressão que tenho é que meu coração parou e não respiro mais.

— Desculpa — diz ele, e começo a rir. — O que foi?

— Nada. — Balanço a cabeça.

Ele chega para trás, voltando a ficar próximo da mesa, e o clima tenso entre a gente volta. Parece que nós dois não sabemos como agir.

— Quando você chegou? — pergunta ele.

— Agora.

— Agora? — Ele franze a testa.

— Saí do avião e vim direto para cá. Minhas malas estão na sala — completo, dando uma informação adicional inútil.

— Você veio... visitar?

— Vim para ficar — digo, parecendo tirar um peso do peito.

— De vez?

Vejo expectativa em seus olhos, e meu coração acelera. Eu preciso beijar este garoto com urgência.

— De vez. — Concordo com a cabeça. — Consegui um emprego em uma companhia aérea aqui e vim.

— Ah — responde ele, e acho que entendeu que voltei apenas pelo emprego.

Sinto que preciso ser mais claro, preciso mostrar a ele que o amo. Eu o larguei aqui e agora volto de surpresa.

— Consegui o emprego dos meus sonhos e voltei para ficar com o cara dos meus sonhos — completo.

Ele sorri de forma atrevida, e meu coração já está na boca. Ele não vai fazer nada? Quase imploro que ele me abrace, mas Fabrício se mantém perto da mesa de estudos.

— E se o cara dos seus sonhos estiver namorando outro cara? — provoca ele, e o seu sotaque, que tanto senti falta, me desorienta ainda mais.

E se ele estiver namorando? E se ele estiver namorando? E se ele estiver namorando?

— Então, estou aqui fazendo papel de bobo.

— Só se eu estiver namorando? — pergunta ele, levantando a sobrancelha.

— Seu ridículo! — Começamos a rir, e isso diminui a tensão.

— Pelo que me lembro, você me mandou viver a minha vida, seguir adiante e arrumar um modelo internacional lindo de sucesso, e que agora pode se dar ao luxo de escolher qual trabalho fazer, para ser meu namorado.

Ele dá um passo à frente, com os olhos cerrados e o sorriso atrevido na boca.

— Eu não disse isso — comento, rindo. — E isso foi muito específico, mas não quero saber.

Ele para na minha frente, alternando o olhar entre meus olhos e minha boca. As mãos estão na cintura, e ele parece mais confiante em sua atitude atrevida do que quando o deixei.

— Foi algo do tipo. E, bem, eu posso ter seguido adiante — diz ele, dando outro passo à frente, ficando muito próximo a mim. — Afinal, foram o quê? Quase sete meses longe, me ignorando, mandando emoji ao invés de dizer que estava com saudades...

— Foram cento e noventa e três dias, pouco mais de seis meses, mas quem está contando, não é mesmo? Porque o que é o tempo? Eu acho que não podemos pensar assim, eu estava em treinamento, e não parava de pensar em você, e parece que eu fiquei lá a vida toda, e agora você está aqui, e está lindo, meu Deus, como você pode ter ficado mais bonito do que quando te deixei? E por que você ficou mais bonito? Você tinha que...

— Caio... — Ele segura meu braço e tira a camisa das minhas mãos, jogando-a na cama. Eu havia me esquecido de que estou só de calça. E, então, percebo o quanto estou nervoso. — Eu te amo.

Fabrício me puxa e nossos lábios se encontram. Ele envolve minha cintura com os braços, e eu levo uma das mãos até seu cabelo um pouco mais comprido, porque quero tocá-los desde que entrei no quarto. Enfio os dedos pelas mechas macias e o beijo fica mais intenso. Nossos corpos estão colados e ele desliza as mãos pelas minhas costas, como se estivesse fazendo um reconhecimento.

Fabrício me empurra para a cama e deita em cima de mim. Meu corpo parece derreter no colchão, e ele mantém nossas bocas coladas. Nosso beijo é apaixonado, apressado, urgente.

Ele se afasta um pouco e tira a camisa, e aproveito a chance.

— Eu te amo mais — completo, e ele sorri para mim.

Ele se move rapidamente, me colocando deitado no travesseiro, que está envolvido com a minha camisa, e volta a me beijar. Sim, ele realmente está mais atrevido e confiante, e começo a chorar de felicidade.

— Ah, não — diz ele, se afastando. — Desculpa. Entendi errado?

— Não. — Eu me sento e ele se senta na minha frente. — Estou parecendo um bobo, né?

— Nunca — mente ele, e sorrio.

— Vim até aqui esperando isso, só... Vim também com medo de que você não me amasse mais, ou que estivesse com outra pessoa — comento.

E, então, percebo que em momento algum ele me disse

se está com alguém. Acho que demonstro o pavor ao pensar nisso, porque ele nota a minha dúvida.

— Estou sozinho — responde ele, e começa a rir. — Como foi mesmo que você falou uma vez? Sozinho, solteiro, totalmente à disposição ou algo similar.

Cerro meus olhos, tentando me lembrar em que momento falei isso, e aí a cena vem em minha cabeça. Começamos a rir juntos.

— Ah, eu era tão bobo apaixonado naquela época — digo, como se aquilo tivesse acontecido anos atrás. Parece que foram anos atrás.

— Era? Não é mais?

— Sempre serei um bobo apaixonado — respondo, dando um beijo na bochecha dele. Olho o travesseiro vestido com a minha camisa. — E você não?

Ele pega o travesseiro e alisa delicadamente a blusa.

— Eu sou só apaixonado. — Ele pisca para mim. Definitivamente, mais atrevido e confiante. E aí ele olha a camisa dele, com a qual vim vestido, toda embolada na cama. — Você precisa parar de usar as minhas roupas.

— Que eu saiba foi você quem sempre usou as minhas.

— Eu já parei.

— Parou mesmo? E a minha blusa? — Indico a minha camisa.

— Quem usa ela é o travesseiro.

— Isso foi triste — respondo, rindo.

— Isso foi... — Ele me puxa para perto. — Foi romântico, seu idiota-enviador-de-emojis-idiotas-que-foi-para-longe-ser-um-idiota.

Envolvo seu pescoço com os braços.

— E como vamos resolver isso? Se eu não posso usar suas roupas, você não pode usar as minhas — provoco.

— Acho que só existe uma solução. — Ele pisca para mim.

Seus braços envolvem minha cintura em um abraço apertado. E eu entendo sua indireta. Quando este menino ficou tão ousado?

— Acho que a solução para o problema é uma só: termos um guarda-roupa único.

— Não poderia concordar mais — diz ele, me beijando e me deitando na cama.

— Eu te amo — respondo.

— Eu te amo mais.

epílogo

Meu amor
Só há você em minha vida
A única coisa que é garantida...
...Dois corações
Dois corações que batem como um só...
...Eu encontrei em você
Meu infinito amor
Endless Love - Lionel Richie e Diana Ross

10 ANOS DEPOIS

Agora somos um só.

Repito a frase na minha cabeça, encarando o espelho e pensando na vida. Tudo o que passei, seja bom ou ruim, me trouxe até aqui e fez de mim a pessoa que sou hoje. Sou grato aos percalços, às alegrias, às lágrimas, aos momentos felizes.

Sou grato ao que me espera daqui a alguns minutos, mesmo não tendo certeza de como será. Estou uma pilha de nervos. E orgulhoso. E nervoso. E feliz. E nervoso. E realizado. E nervoso.

— Olá, esposo — brinca Caio, se colocando ao meu lado.

— Olá, marido.

Ele pega a minha mão e me encara pelo espelho. Sorrimos para nossos reflexos.

— Vai dar tudo certo — diz. — É Natal, as pessoas estão mais felizes, mais abertas...

— Ele é diferente — respondo, tentando pensar em meu pai.

— Todos somos. — Caio sorri. — Meus pais estão lá na sala, com a Gio e o Miguel.

— Eles já chegaram?

— Ainda não. Quer esperar aqui?

— Não. — Balanço a cabeça. — Estou parecendo um bobo, né?

— Meu bobo — diz ele.

Eu reviro os olhos, e rimos. Ele aperta a minha mão.

Caio me vira e nos encaramos, agora de frente. Ele envolve a minha cintura com os braços e me beija apaixonadamente. Eu me perco em seu beijo, nunca vou me cansar disso. Cada vez, parece que é a primeira, e a última, e é sempre igual e diferente. É sempre completo.

— Vamos? — pergunto, indicando a porta do quarto.

— Eu te amo — diz ele.

— Eu te amo mais.

Chegamos na sala e vejo minha família, feliz. Meus pais e Gio estão em cima do bebê, disputando sua atenção. Tudo está quase completo quando a campainha toca.

Fabrício dá um longo suspiro e aperto a sua mão, mais uma vez, indicando que tudo vai dar certo. Ele acena com a cabeça e caminha pela sala, abrindo a porta.

Do outro lado, seus pais e Nina, acompanhada do marido e filhos, todos segurando sacolas de presentes.

Sei o quanto Fabrício está tenso com este momento. É a primeira vez que seu pai vem até aqui, é a primeira vez que vamos nos ver desde o incidente, anos atrás, no Corcovado. É a primeira vez que ele vai conhecer Miguel, nosso filho, que adotamos alguns meses atrás.

Fabrício abraça a irmã, cunhado e sobrinhos, que entram e cumprimentam meus pais. Depois, ele abraça a mãe, que vem em minha direção. Eu a conheci alguns anos após voltar de Dubai, antes do nosso casamento (ao qual o pai não foi e deixou Fabrício triste por meses), e ela sempre me tratou muito bem.

— Meu genro favorito — diz ela, baixinho, para que o marido da irmã não escute. Eu amo quando ela faz isso.

— Minha sogra favorita — retribuo, e ela sorri, feliz.

E, então, vejo a cena que esperei por muito tempo.

O pai de Fabrício entra em nosso apartamento e abraça o filho. Os dois choram e sussurram palavras amáveis, e eu choro junto. Acho que todos estão chorando.

Eles ficam mais um tempo abraçados, conversando, e deixo que se entendam. Eles precisam disso.

Vejo meus pais saindo da sala, levando todos para a cozinha. Ficamos apenas eu e a mãe de Fabrício, que segura Miguel nos braços.

O pai dele me vê e meu sangue gela. Sei que vai dar tudo certo, mas me sinto com vinte e três anos de novo, vendo meu namorado no meio do Corcovado, despedaçado pelas palavras duras do pai.

Ele se aproxima de mim, com a mão estendida. Eu a cumprimento em um aperto forte.

— Então você é... meu genro — diz ele, mas não de um modo depreciativo. Parece que está medindo as palavras, mostrando que me aceita, e fico feliz em ver que ele está aberto a entrar em nossas vidas.

— Sim, sou o Caio.

E ele me surpreende, me puxando para perto e me abraçando. Estou chorando, Fabrício está chorando, a mãe dele está chorando. E Miguel parece pressentir o que acontece, porque dá um choro de leve.

O pai dele me larga e vê o bebê. Parece hesitante em chegar perto.

— Este é o seu neto, Miguel — diz Fabrício.

O pai dele o olha e Fabrício o incentiva a se aproximar. Os pais dele ficam ali, todos bobos, brincando com Miguel.

— Eu disse que ia dar tudo certo — sussurro, no ouvido de Fabrício, quando ele se aproxima de mim. Envolvo sua cintura com um dos meus braços.

— Eu precisava ver, para ter certeza.

Sinto o corpo dele tremer sob meu braço, e dou um beijo em sua bochecha, tentando acalmá-lo.

— Está tudo completo — digo.

— Eu te amo — responde ele.

— Eu te amo mais.

*Este livro foi composto pela tipografia Palatino
Linotype 12 e Hello Honey 48, no inverno de 2024.*